U0128465

内蒙古文学重点作品创作扶持工程

云开月明

——记乌兰牧骑 1800 天

鄂冬 等／著

远方出版社

图书在版编目（CIP）数据

云开月明：记乌兰牧骑 1800 天 / 鄢冬等著 . -- 呼和浩特：
远方出版社 ,2023.2
ISBN 978-7-5555-1878-5

Ⅰ . ①云… Ⅱ . ①鄢… Ⅲ . ①短篇小说—中国—当代
Ⅳ . ① I247.7

中国国家版本馆 CIP 数据核字 (2023) 第 030980 号

云开月明——记乌兰牧骑 1800 天

YUKAI YUEMING JI WULANMUQI 1800 TIAN

著　　者	鄢冬 等 / 著	
责任编辑	于丽慧	
封面设计	李鸣真	
版式设计	王改英	
出版发行	远方出版社	
社　　址	呼和浩特市乌兰察布东路 666 号　邮编 010010	
电　　话	（0471）2236473　总编室　2236460　发行部	
经　　销	新华书店	
印　　刷	内蒙古爱信达教育印务有限责任公司	
开　　本	787 毫米 ×1092 毫米　1/16	
字　　数	162 千	
印　　张	15	
版　　次	2023 年 2 月第 1 版	
印　　次	2023 年 4 月第 1 次印刷	
印　　数	1—2000 册	
标准书号	ISBN 978-7-5555-1878-5	
定　　价	36.00 元	

序　言

　　内蒙古位于祖国北疆，广袤无垠的草原、葳蕤茂密的森林、浩瀚辽远的大漠、纵横千里的阴山组成内蒙古多姿多彩的地理风貌。千百年来，各族人民在此繁衍、生息，丰富着绵历之久、镕凝之广的中华文化。文学传承，生生不息。源远流长的内蒙古文学，在牧野上传唱，在群山中回响，点亮了祖国北疆一盏盏温暖的生命明灯。

　　进入新时代，在习近平新时代中国特色社会主义思想的指引下，内蒙古文学工作者坚持深入生活，扎根人民，把澎湃的现实生活、昂扬的时代精神、丰富的经验和情感提炼造型。人、生活、岁月在他们笔下是砥砺行进的历史，是绵厚的家国之爱，是浓烈的人间烟火。一批批贴近时代、贴近人民、贴近大地的现实题材作品带着生活之感、时代之悟和人民之思传向全国。

　　为进一步加强文学的组织化程度，推出更多高品位的优秀作品，培养更多高素质的文学人才，内蒙古自治区党委宣传部牵头，内蒙古文联、内蒙古作协组织推进"内蒙古文学重点作品创作扶持工程"，汇集内蒙古众多优秀作家作品，努力推动内蒙古文学事业繁荣发展。该工程坚持以精品奉献人民，在宽广的世界视野中描绘中华民族精神图谱，有 121 部作品入选，已出版作品 53 部（57 册），部分作品荣获鲁迅文学奖、全国少数民族文学创作"骏马奖"、全国精神文明建设"五个一工程"奖、内蒙古自治区文学创作"索龙嘎"奖、内蒙古自治区精神文明建设"五个一工程"奖等，为满足人民文化需求、增强人民精神力量做出积极贡献。

伴随习近平总书记代表党和人民的庄严宣告，中国人民踏上了实现第二个百年奋斗目标的新征程。内蒙古大地焕发出前所未有的活力，人民创造历史的伟大实践为文学提供了丰沛的源泉和广阔的天地。讲好内蒙古故事，发出富有影响力和感染力的声音，创作出不负时代、不负人民的优秀作品，这是一个作家的光荣与梦想，也是推动内蒙古文艺蓬勃发展，汇聚建设亮丽内蒙古的精神力量。

"内蒙古文学重点作品创作扶持工程"入选作品，以无数真切的、鲜活的声音，书写着属于这个时代的、有质地的、有温度的内蒙古故事。这些作品从内蒙古脱贫攻坚的现实课题中来，从当代内蒙古的发展进步和人们的精彩生活中来，以体现精神高度、文化内涵和艺术价值相统一的书写，为无数创造历史的人们立传。

破浪前行风正劲，奋楫扬帆正当时。衷心希望内蒙古文学工作者以深邃的历史眼光和宏阔的现实视野，倾听内蒙古从历史走向现在、走向未来的脚步声，创作一批见历史之大势、发时代之先声的优秀作品，展现新时代中国共产党和中国人民再创中华文化新辉煌、书写中华民族新史诗的文化自信和历史雄心；希望内蒙古文学工作者更加珍爱文学、诚实写作，记录内蒙古人民在建设美好内蒙古的奋斗姿态，把新的灵魂、新的梦想注入文学，努力为铿锵内蒙古书写新时代的史诗。

薪火传承，旗帜高扬。在习近平新时代中国特色社会主义思想的指引下，期待内蒙古文学工作者担当使命，以浩瀚的文学弘扬中华优秀传统文化，展示内蒙古文学弦歌不辍、日新又新的文化活力；期待更多的读者在文学世界中感受辽阔大地上的人文情怀，感受内蒙古文学的独特魅力；期待内蒙古文学在中华文学版图上绽放出绚烂的光辉。

内蒙古文联党组书记、主席　冀晓青

目／录

传承

精神

现场

改变

传承

　　乌兰牧骑，是一个名词，在声音与写意之间舒展着118.3万平方公里的阔朗画卷；乌兰牧骑，是一个动词，生生不息舞动着红色嫩芽倔强而蓬勃的精神气质。乌兰牧骑这一簇簇理想的火焰，激荡着时光流转、岁月山河，激荡着代代乌兰牧骑人前后相续、代代相承的精神：事业上的无私奉献、艺术中的精益求精、队友间的团结协作。这种精神，在高山、平川、沙漠、草原和田野沸腾着。无论是老一代乌兰牧骑队员，还是新时代乌兰牧骑队员，他们都有个朴素的心愿，即"要把党的声音送到农牧民心中，要让所有的农牧民都能看到乌兰牧骑演出"。的确，现在的乌兰牧骑有了诸多变化，但不变之处是，只要有一线炊烟升起的地方、只要有农牧民观众，就有他们的身影。他们，就是中国文化的传承者。

永远做草原上的"红色文艺轻骑兵"

鄢冬

今天的内蒙古，正向全国人民徐徐展开它丰富而柔软的内心。地域辽阔的内蒙古，是中国这只雄鸡的背脊，有着狭长的边境线。如果你听一个内蒙古人说，他从老家坐火车到首府呼和浩特办事需要40个小时，你千万不要惊讶。内蒙古有很多人迹罕至之处，仍有许多农区、林区、牧区属于偏远地区。然而，乌兰牧骑的出现，让这些地方统统都成为文艺之光普照之地。

内蒙古自治区第一支乌兰牧骑诞生于1957年，来自锡林郭勒盟苏尼特右旗，是一支仅有9人、2辆勒勒车、4件乐器的小队伍。其名称源自蒙古语中的"ulaan mochir"，汉语名称兼顾了音义。乌兰牧骑队伍是党的文艺宣传队，他们可以充分发挥机动灵活的特点，非常适合农牧民的需求，所以很快在农牧区得到普及，到1963年已有

30支队伍。1964年，乌兰牧骑进京汇报演出时获得极大成功，得到毛主席和周总理的充分肯定。在周总理的部署下，乌兰牧骑开始进行全国巡回演出，效果不同凡响。1979年始，乌兰牧骑走出国门，先后在欧美及亚洲其他国家访问演出，普遍受到好评。

由于乌兰牧骑常年行走在大草原、森林、戈壁和农村的腹地，不是观众来捧场，而是把节目送给观众，因此，乌兰牧骑队伍不宜人数过多。在现今全区75支乌兰牧骑和一些暂未获得编制的乌兰牧骑队伍中，超过50人的就是比较大型的团队了。但正因为如此，反而磨炼出乌兰牧骑人"一专多能"的神奇本领，吹、拉、弹、唱、舞无所不会。乐器也要追求简单轻便，以前是一辆马车，现在是一辆大巴就能把人带设备全拉走，因而被誉为"一辆马车上的文化工作队"。这种文化工作队，演出不受场地、舞台、布景等限制，随时随地可演，节目短小精悍，形式多样丰富。有趣的是，他们喝哪山的水就唱哪山的歌。内蒙古东西部文化差异比较大，东部区和西部区的乌兰牧骑差异也很大。比如语言类节目，东部乌兰牧骑就汲取了二人转、东北小品的养分，让他们看起来幽默感十足，放在舞台上人人都是卓别林。西部区乌兰牧骑语言类节目多采用西部方言，也常以二人台、漫瀚调等特殊的民间艺术形式展示。再比如，即便是传统的民族歌舞，在汉族、蒙古族歌舞的基础上，还要结合当地其他少数民族特点来自创节目。乌兰牧骑去演出前，都要做一定的功课，根据演出对象的特点选择合适的节目单。

对于乌兰牧骑所坚持的为人民服务的方向，多位国家领导人都给予了充分肯定和高度评价，毛主席3次接见乌兰牧骑队员，周总理

12次接见乌兰牧骑队员并嘱咐："不要进了城市，忘了乡村，要不忘过去，不忘农村，不忘你们的牧场，望你们保持不锈的乌兰牧骑称号。"邓小平同志题词："发扬乌兰牧骑精神，全心全意为人民服务。"1997年，江泽民总书记题词："乌兰牧骑是我国社会主义文艺战线上的一面旗帜。"

几十年来，内蒙古的乌兰牧骑队伍已经壮大为75支，学历层次、创新水平和硬件设施得到很大改善。但乌兰牧骑的方向没有变，宗旨没有变，精神没有变。他们的足迹遍布全国各地，并且已经走向世界20多个国家和地区，在国内外赢得了很高的声誉，成为草原上一颗耀眼夺目的明珠。

2017年11月21日，是一个让全区乌兰牧骑队员难忘的日子。习近平总书记给内蒙古自治区锡林郭勒盟苏尼特右旗乌兰牧骑队员回信，勉励乌兰牧骑在新时代，以党的十九大精神为指引，大力弘扬乌兰牧骑优良传统，扎根生活沃土，服务牧民群众，推动文艺创新，努力创作更多接地气、传得开、留得下的优秀作品，永远做草原上的"红色文艺轻骑兵"。信件传来，很多老队员流下了激动的热泪，他们纵情欢呼："我们太荣幸了！收到了党和国家最高领导人的问候！"

习近平总书记的回信，让更多的人知道乌兰牧骑的存在，让乌兰牧骑队员们有了更多的自信。让更多的人想知道，乌兰牧骑是什么。

他们是红色文艺轻骑兵，是党的文艺宣传小分队，同时也是活跃在各农村、牧区的一线文艺工作者，几十年来，在铸牢中华民族共同体意识这项工作中起到了重要的纽带作用。为什么是轻骑兵呢？因为草原之广博，是无法用脚步丈量的，需要轻骑快马踏进人迹罕至之境。为什么是文艺宣传小分队呢？因为在那些不知名的"小地方"，文艺宣传的形式就要更灵活。在内蒙古自治区广阔无垠的肌体中，乌兰牧骑又是造血的艺术细胞，无论是脱贫攻坚还是扫黑除恶，无论是全面奔小康，还是垃圾分类，乌兰牧骑人都能以最简洁、最鲜活的艺术形式向农牧民进行文化"输血"。乌兰牧骑人其实并不是盘旋于大雅之堂的金丝雀，他们尽管是演员、是歌者、是舞者、是主持人，但鲜有人能成为流量明星或大众偶像，他们质朴的微笑和勤奋的身影总是活跃在最需要艺术的地方。在乡下，村委会国旗杆周围的一块空地就是天然的舞台，就是乌兰牧骑的大巴停靠的地方，就是他们给百姓预留的一块阴凉；在牧区，草原上疾风劲吹，乌兰牧骑人就是一枚枚群众娱乐的风向标。每一次演出后，有多少乌兰牧骑人和牧民们在草原上尽情歌舞，那一刻，情义绵长。

新时代有新气象，近年来入团的乌兰牧骑队员基本都是本科学历，甚至还有部分硕士研究生。他们中，不乏毕业于名牌大学的高才生，自然术业有专攻。但乌兰牧骑最为特别的，是他们的"万金油"属性。从来没有哪个乌兰牧骑队员，在团队中只做一种工作，在年均100余场的演出中，乌兰牧骑队员必须是"一专多能"的"轻骑兵"：一个声乐专业的毕业生，加入乌兰牧骑几年之后可能就会变成老百姓喜爱的喜剧演员，或是口吐莲花的金牌主持，或是身轻如燕的热舞达人，或是笔下生风的编创骨干。

乌兰牧骑既是文艺宣传队，又是老百姓的"生活服务队"。谁想学跳舞？乌兰牧骑来教。谁想学唱歌？乌兰牧骑来领。谁想学表演？乌兰牧骑来带。哪里的贫困户需要慰问？乌兰牧骑来入户。谁家的羊毛需要剪？乌兰牧骑来帮忙。在政治任务面前，乌兰牧骑都是志愿兵。他们与百姓心连心，从没有因为自己是一个艺术从业者而沾沾自喜、曲高和寡。他们更在乎在百姓的微笑中、掌声中慢慢成长的收获，因此，他们就是农牧民口中的"玛奈乌兰牧骑"。[1]

乌兰牧骑为了什么？在这个时代，这个问题的提出和回答都具有象征意义。内蒙古如此狭长辽阔，各个盟市几乎都有属于盟市自身的独特文化形态，每个村落、嘎查、蒙古包之间难以及时连通中央的讯息，因此，人民需要"轻骑兵"，是内蒙古人民选择了乌兰牧骑，而党中央又及时回应了人民的诉求。乌兰牧骑与人民的关系，不是哺育与被哺育，而是水乳交融的滋育型存在。当前时代是媒介的时代，因此人民就是乌兰牧骑的受众。人民在哪里？他们并不抽象，他们具体为村落、牧区以及各个基层单位的你我他，他们有他们的爱好和追求。乌兰牧骑，不断调整着自己的方向盘，努力满足着人民群众对美好生活的向往。

距离习近平总书记回信已经有近1800个日夜，本书展开的正是这1800天里乌兰牧骑人的"变化"与"不变"。习近平总书记回信以后，乌兰牧骑队伍的物质条件和精神面貌都有了显著的提升。当然，他们所面临的繁重的任务也是前所未有的。演出任务多、宣传使命重并没有使他们畏缩不前，而是越战越勇。人民群众众口

---

[1] 蒙古语，意为"我们的乌兰牧骑"。

难调，那就时刻准备变身为节目达人。当代乌兰牧骑人所面临的困难，远胜于任何一个时代。然而，当代乌兰牧骑人所面临的机遇，也远胜于任何一个时代。在全国的文艺团体中，乌兰牧骑仍然是独树一帜的存在。他们肩负的是党和国家的重托、人民群众的热望以及自身理想的完美呈现。他们并不孤独，因为只要走在路上，就会有75支甚至更多的乌兰牧骑队伍并肩而行。他们匆忙的背后是充实，他们已经准备好了：为了人民群众而高歌、而前行。

乌兰牧骑是一棵有根的大树，它生长在一代又一代乌兰牧骑人心里，也生长在一代又一代农牧民心里。农牧民称呼乌兰牧骑队员为"我们的孩子"，一方面说明乌兰牧骑队员如何深入人心，另外一方面，也印证乌兰牧骑六十几年的发展中，已经将自己孵化为与草原、大漠、戈壁、乡村共同生长的有机体。

习近平总书记在信中说："一代代乌兰牧骑队员迎风雪、冒寒暑，长期在戈壁、草原上辗转跋涉，以天为幕布，以地为舞台，为广大农牧民送去了欢乐和文明，传递了党的声音和关怀。"这其实就是对乌兰牧骑传统最为精准的概括。老一辈的乌兰牧骑队员也许没有专用大巴，没有流动舞台车，但硬是用双脚踩出了若干条艺术之路。他们下基层慰问演出，也许就是像歌里所唱的那样，"勒勒车赶着太阳"，但谁又能忘记那暖阳是如何点燃生命中的热情和诗意呢？

乌兰牧骑的功勋前辈们，就是这个大家庭的长辈，他们慈祥地握着年轻队员的手说："孩子，加油，有我们陪伴。"

一个时髦奶奶的"陪伴"

鄢冬

陈琦，曾就读于中南军区艺术学校舞蹈系的高才生，参加了抗美援朝的女兵部队。

93高龄的陈琦，听说了习近平总书记给乌兰牧骑回信的消息后，赶紧让家人一字一句地朗读，内心激动不已。这个老乌兰牧骑队员刹那间找回了她20岁的青春。

一张黑白的老照片上铺满了岁月赐予的霞光，那时的陈琦扎着两个粗大的麻花辫，脸庞中透着英气也传达着一种柔美的色调。最令人难忘的是她的眼睛，它们微微向上挑起，眼神中有几分渴望，也有沉着和坚定溶解之后的端庄。在一身军装的衬托下，辫子倒是显出几丝娟秀和灵动。陈琦鼻梁很高，鼻子除了展示她骨子里的英武之外，就是给所有和她相识的人树立了一道耸起的风景。

陈琦，也是突泉县乌兰牧骑队员口中慈祥的陈奶奶。不难看出，她可是个很讲究的"奶奶"，身穿红格子休闲西装外套和一条绣着花纹的粉红色裤子。银发遮不住她目光灼灼的神采。和她合影时，她还调皮地抿抿嘴。她耳不聋眼不花，只有驼背走路的样子还能依稀看出与岁月相遇后的痕迹。陈奶奶思维活跃，表达清楚，在她的身上，一些"前历史"的小溪时刻会奔涌而出。

面对照片里的女兵陈琦和眼前的陈奶奶时，我仿佛听见一阵70年的风沙掠过历史天空的呼啸声，然而，除了惊落一群归鸟和戏耍了刚刚要从云朵露出头的太阳外，还剩下些什么？

陈琦的另一个身份，是突泉县乌兰牧骑事业的拓荒者。1958年底，陈琦创建了突泉县文工队。1959年9月，突泉县文工队与科右中旗文工队合并组建了科尔沁右翼中旗乌兰牧骑，她任队长。1962年1月，乌兰牧骑再次分设，她任突泉县文工团团长。那时的她，真可谓风华正茂，英气逼人。可惜的是，这一段历史并没有被记录，官方档案只能查到1979年以后突泉县乌兰牧骑的相关资料。对于陈琦而言，做这个首任队长虽然充满挑战，但也算轻车熟路。抗美援朝时的陈琦就是文艺兵，在战士们如火一样炽热而危险的铁血岁月里，陈琦以及她的文艺兵队伍给战士们奉献了无数的好作品，就像端出一杯杯清新的薄荷茶，宽慰了漂泊在外、搏命拼杀的将士们。朝鲜的百姓还教会陈琦如何跳朝鲜舞，唱《桔梗谣》。其实，更重要的是，朝鲜战场生动地教育了陈琦：在战火纷飞的年代里，信念和生命同样重要，最动听的歌声莫过于灵魂之声。

93岁的陈奶奶固守了很多传统。她回忆起往事，那些历历在目的冰凌并没有穿过时间的铁轨而被踩踏以至于碎裂。尽管她只在乌兰牧骑队伍里待了不到3年，但突泉县首支乌兰牧骑的18个队员，每一个队员的名字她都记得。她还念念不忘，他们坐着马车去演出的往事。到了村里，老百姓早早就把台子搭好了等着。演出结束后，公社也早就把一顿"大餐"准备齐全：小米干饭、一盆萝卜汤、一摞小葱，还有大爷大妈热情地给他们拿来的大酱。不算丰盛，却十足的热闹。这个村没演完，那个村就已经有专人专车等着接他们。一些富裕点的村子，老百姓还会凑钱付点化妆费，十块八块的，演员们不要也不行，老乡们一追就要追出几里地。

她说她和18有缘。那时他们人均月工资大概也就是18块钱，只比业余剧团高一点，但没有人谈论过待遇问题。队伍人少，每个人都要"独当几面，一专多能"。突泉县受东北文化影响较深，当地百姓爱听二人转，陈琦的队伍就满足百姓所需，18个人中的大多数都拜师学戏，慢慢都成了唱戏的好手。但队员们也不是一味地继承这一乡土气息浓郁的曲种，在演绎过程中还保有自己的思量，他们更多时候是批判性地接受和继承二人转文化，将唱词中过于低俗的内容过滤掉。

辞去乌兰牧骑队长职务之后，陈奶奶并没有离开文艺，无论是在宣传领域还是在文化系统，她深深地感到乌兰牧骑曾经带给她难以磨灭的烙印。直到今天，陈奶奶依然保持着乌兰牧骑人的责任感。这些年，她时常关心着当下的文艺，因此，她又是个爱赶时髦的老太太。可是，她发现这些作品都太过娱乐化了。她觉得，文艺作品还是应该有一定的社会意义，绝不能为了娱乐而娱乐；也不能为了宣传而宣传，那样也会显得生硬。娱乐和宣传不是决然对立的两端，需要在两者间找到一个平衡点。

突泉县乌兰牧骑的晚辈们亲切地管陈琦叫"大奶奶"。队长、书记时常跑到她家里探望她，队员们也愿意来陈奶奶家里让她看看自己的作品，然后给她唱唱戏。队长和陈奶奶说："大奶奶，你是我们永远的队长，要时刻引领着我们前进！"

这个打扮时髦的陈奶奶却沉着地说："不是引领，是陪伴。"

是啊！乌兰牧骑走到如今，有多少像陈奶奶这样的先辈默默奉献并陪伴着？正是因为有了温情的陪伴，我们才会拥有那么多无言的温暖。

乌兰牧骑是一面红色的旗帜，也是一面金色的旗帜。红色，是被理想之光映衬出的一张张脸庞的颜色，它不仅只代表着革命，也代表着对事业的虔诚和执着。其实，在国际视野中，乌兰牧骑最为突出的一种品质就是不计得失的志愿精神。从抗美援朝的志愿文艺兵，到乌兰牧骑的志愿队长，志愿精神的色彩，就是代表全人类福祉方向的——太阳的金色。

呼伦贝尔的三只百灵鸟

黑梅

呼伦贝尔是一个民族众多、战略地位重要的区域，其族群关系直接影响着社会安全与稳定以及各民族间的团结、文化交流和经济发展。活跃在呼伦贝尔大地的鄂温克、鄂伦春和达斡尔这三个少数民族自治旗的乌兰牧骑，不但要和其他乌兰牧骑一样，肩负宣传、辅导、演出、服务农牧民的职能，还要面对多种语言、多种风俗习惯和多种艺术表达形式的困难。这三支乌兰牧骑就像一个大家庭，他们互为兄弟，互为师长，共同进步。

更为有意义的是，他们就像飞翔在呼伦贝尔神秘天宇上的三只百灵鸟，不仅以他们的乐声为这片土地增加了艺术的魅力，也穿梭在尘间烟火里、寻常阡陌中，渐渐地，把生命都交融在一起。

辛来群：鄂伦春族的回族女婿

1964年到1984年，辛来群老师在鄂伦春自治旗乌兰牧骑工作，他说这是他这辈子最苦的20年，也是最快乐的20年。

因为猎民急需文化生活，当时的乌兰牧骑既是流动的服务队，又是流动的宣传队，然后，才是流动的文艺队，起着很多功能性的作用。一架勒勒车载着他们走遍了鄂伦春大大小小的猎民点。因为蚊蝇太多，每次下乡他们都是深夜出发，90公里的路，第二天午夜才能到猎民点。为了防止蚊虫的叮咬，他们用纱布做帽子，这样既可以看清路，蚊子又钻不进去。但这样远远不能和蚊虫抗衡，他们还要穿雨衣，因为穿上雨衣蚊子才叮不透。所以，无论多热的天气，雨衣是他们的必备品，抗风、挡雨、防蚊虫。

辛来群老师是专业学校毕业的学生，底子好，很快就成为乌兰牧骑"一专多能"的队员。只要演出开始，他就没有休息的时间，会一直忙到最后，不但要跳舞，还要拉二胡，参加小合唱，说对口词。在他们自制的马蹄灯下拉二胡，灯光会招来很多蚊子，被蚊子咬的时候又不能打，很煎熬。

讲到这里，辛来群老师对现在的乌兰牧骑队长也是他的学生何振华说："我都羡慕死你们了。我那时候演出服只有一件白色的鄂伦春民族服装，从头演到尾，从这个村演到那个村。"

辛老师是回族，刚开始不懂鄂伦春语，下了几次乡后就能听明白一些简单的日常用语。辛来群老师说："猎民们特别地爱我，虽然他们不会说汉语，我不会说鄂伦春语，但我们懂得彼此。"后来，我根据他们给我讲的故事，编排了舞蹈。猎民们看了都对我竖大拇指，说："辛来群，你真行。"

下乡生活锻炼了辛来群吃苦耐劳的品质，还让他练就一身耐寒的本领。冬天，零下40℃，弹手风琴的手都冻木了，活动不灵活，拉不出声音，还是要穿上单薄的服装上台跳舞，这些根本不用队长交代，把最好的状态展现给观众是每个乌兰牧骑队员们固有的、自发的观念。

辛来群说："这些吃苦的经历，给我的一生打下了非常好的基础。无论是思想上还是为人民服务的意识上，都打下了很好的基础。"

辛老师给我找出了当年在乌兰牧骑下乡演出的四张照片。

第一张照片是他背着妻子白玉花在过河。

辛来群老师是鄂伦春历史上第二位非鄂伦春族女婿。第一位是他妻子的表姐夫李玉章。他的表姐白青花也是一名乌兰牧骑队员，嫁给了当时鄂伦春自治旗人民广播站的播音员李玉章。他们是在辛来群老师到乌兰牧骑那年结的婚。

后来，在长期的工作当中，他和妻子白玉花彼此有了好感，但没有表白。有一次下乡过河，白玉花因为小时候被水淹过，怕水，不敢过河，辛老师主动去背她过河。尽管隔着雨衣，但两个人的心还是被打开了，确立了爱情。辛老师的舞蹈在群众中有很好的基础。群众常追着他的演出看。有一次他感冒了，没有上台，台下的猎民不知内情，不停地喊"辛来群，来一个"，他没办法，说"那就来一个呗",然后带病上台给大家跳舞。

第二张照片是白金花在给猎民讲画报。

当时,乌兰牧骑的设备简陋,乐器少,但肩负的责任多。在为猎民演出的同时,还要给他们提供幻灯放映、图书销售、时事政策宣传和科普展览。为了让猎民了解更多党的政策,他们订购了一些画报,然后把画报拆开,贴在胶合板上,到了猎民点就把这些胶合板打开,由白金花用鄂伦春语给大家讲解。

第三张照片是白金花和另外一名女演员在演小剧,宣传森林防火的知识。

鄂伦春族是狩猎民族,常年生活在森林里,所以向他们宣传森林防火的知识也就成了乌兰牧骑下乡任务中的重中之重。照片中是一个女猎民,发现火情,可电话线断了,另一个女猎民用自己的身体来连接。这个小品现在看似不合逻辑,但当时,在猎民中产生很大反响,猎民的防火意识更强了。

第四张照片是一个年轻的舞者,萨满的装扮,他是辛老师自己。他是第一个把萨满形象搬上舞台的人。

他说当时没想太多,只是觉得萨满在北方少数民族中很神秘,而且可舞性很强。可当他说想把萨满形象搬上舞台,很多亲戚不赞成,他又反复给亲人们做工作。就这样过了好几年他始终没放弃把萨满形象搬上舞台的念头。当一切都顺理成章,他仅用了三天三夜就完成全部创作。后来,他根据这个舞蹈又创作了舞蹈《森林的鼓声》,获国家二等奖。

朱朝霞：达斡尔族的满族媳妇

在莫力达瓦达斡尔族自治旗乌兰牧骑，我们遇到了现在已经退休了的朱朝霞，她是从这里走出去的舞蹈家。这次回来是为了给新队员做指导。

62岁的朱朝霞出生在莫力达瓦达斡尔族自治旗。1975年高中毕业，度过两年知青生活后21岁的她考到乌兰牧骑。1977年至1985年在莫旗乌兰牧骑工作。生完孩子第28天她就进排练厅，自编自导舞蹈。她是一名舞蹈演员，兼报幕员，同时还是二重唱演员。8年后，她作为尖子演员被调到呼盟歌舞团，升级成为独舞演员。朱朝霞说："今年，鄂温克和达斡尔乌兰牧骑都赶上60周年队庆，都邀请我去帮排节目。现在舞台上的这些达斡尔族舞蹈都是我编排的，但我的岁数在这，不想再插手了，想把舞台让给年轻人，也想把我的东西传给他们。去年我就鼓励他们编我来修，他们排我来改。"

朱朝霞刚到乌兰牧骑的时候，乌兰牧骑的排练场地还是泥土地和砖地，莫旗归黑龙江管。后来，省里给乌兰牧骑拨钱盖排练厅，地方是他们自己选的，地也是他们自己推平的，推完还刷了清油。当时的演出，基本都是在乡下，下乡没有现代化的交通工具，都是马车，他们把行李搁在马车上，身体差点的坐在马车上，身体好的跟着马车走。

莫旗有两朵花，一朵是乌兰牧骑之花，另一朵是曲棍球之花。达斡尔乌兰牧骑从建队伊始就一直很受重视，毛主席和周总理都接见过他们。朱朝霞说："我们这个队伍传承得特别好，基本功都是常抓不懈。我们继承了老队员的优良传统，现在又把这个优良传统传给了新一代。老队员们吃苦耐劳，他们为了乌兰牧骑这个大家庭，为了工作忽略了个人的小家庭。我印象中老队员都怀孕6个多月还上台演出呢。过去队伍也就二三十个人，基本就能成一台晚会。那个时候那种艰苦的条件也磨炼了我们的意志。"

朱朝霞是在莫旗长大的满族人。当地老人唱着歌、拿着烟袋的样子，给她留下的印象特别深。之后她编的烟袋舞、烟叶舞都是来源于童年的记忆。

1983年，她创作了独舞《嬉水姑娘》，舞蹈表现了一个热爱大自然、亲近大自然并从中获取无限乐趣的少女，在江边各种幻想玩耍，嬉鱼嬉水，最后玩累了拎着水桶回家的场面。这个节目演完就在自治区内一炮而红。乌兰牧骑成立25周年庆典时，在中央电视台，朱朝霞被记者围住采访，她上了《中央民族画报》等各大报纸的封面。有谁能想到，这个年轻漂亮的舞者，有个未满一岁的孩子？为了这个演出，她是抱着四个半月大的孩子来的。还有一次，记者把她请到录音棚，她连续8个小时没出录音棚，曲云老师帮她抱着孩子在棚外等她，孩子饿得直哭。比赛一结束，她就给8个月的孩子断了奶，到四川助建乌兰牧骑。在高原上，她一下就跳了7个舞蹈，还要报幕，一点高原反应都没有。

"达斡尔乌兰牧骑的现任队长孟塬很看重我。常把我请回来。自治区40周年大庆和50周年大庆时，我一直在帮助他们，我一直没放弃对达斡尔族文化的追求。我创作的《拓跋鲜卑》舞剧拿了全国很多大奖，如金狮奖、'五个一工程'奖、草原优秀剧目展演、乌兰夫基金等，可我依然在第一线工作，觉得要是放弃了还挺可惜的。"

2016年，朱朝霞在鲁日格勒上又做了一次突破，这已经是第8版了。这一版本反响很好。她是鲁日格勒的传承人，传统文化在她的手上得到了继承和发展。

鲁日格勒是达斡尔族民间舞蹈的总称，从为舞蹈伴唱的歌曲、呼号和舞蹈动作看，达斡尔族民间舞蹈种类应当是很多的。有模仿布谷鸟体态的布谷鸟舞，有模仿熊和野猪动作的野兽搏斗舞，有表现在山林间采集野菜野果的采集舞，有表现妇女照镜子、梳头的梳妆舞，有表现妇女劳动生活的提水舞、摘豆角舞，也有表现青年男女交往的舞蹈等。

朱朝霞说她对达斡尔族的最大贡献不是她一个满族人成为达斡尔族舞蹈的传承人，而是她为达斡尔族添丁进口，生了一个漂亮的达斡尔族姑娘。

成帮：达斡尔族的蒙古族女婿

成帮毕业前是内蒙古艺校的优秀学生，本来计划先去上海艺术学院进修6个月，再回来执教。但是，当时周总理在包头看完乌兰牧骑的演出后，下达了加强乌兰牧骑力量的指示。成帮响应号召，到了鄂温克旗文化馆，通过考试，参加了全区乌兰牧骑培训班。

成帮的专业是美工，考乌兰牧骑的时候考的专业是唱歌。当时，他唱了一首短调《有这样一个人》。被录取进队后学习舞蹈成为非常大的挑战。还有一个挑战是关于饮食的。成帮是乌兰浩特农区人，平时不吃羊肉，认为羊肉膻味大，后来渐渐也喜欢上这里的羊肉。他说："下乡的时候，牧民从老远骑马过来接乌兰牧骑。一边骑马，一边喊'乌兰牧骑来了……'能接到乌兰牧骑的老乡们，脸上都挂着自豪，他们给队员拿出家里最好吃的东西。到了乡下，我们尽量自己住，自己做饭吃。如果住在老乡家，每天早上3~4点起来，跟老乡一起干活。就跟回自己家一样。"

1965年大雪灾，成帮参加赈灾演出，认识了尹瘦石。平时很严肃的尹瘦石看到他画的画才显露出微笑。

在画马方面尹瘦石给了他很大的启发。一面之缘让他这辈子念念不忘。直到现在他也一直在坚持画马，已成为内蒙古的优秀画家。他说："年轻时的经历太丰富了。在乌兰牧骑那些年，经常下乡，了解和经历了很多。"

鄂温克旗的民俗风情非常丰富多彩，服饰和日常沟通的礼仪，都为成帮后来的创作提供了很多灵感和素材。

成帮也是在乌兰牧骑遇见自己的爱人敖登吉木的。1965年，敖登吉木中学毕业考试结束前就接到被分派到乌兰牧骑的通知了。她从中学直接被接到乌兰牧骑，跟着下乡演出。负责到学校接她的就是成帮。

他们是1967年开始谈恋爱的。敖登吉木在乌兰牧骑工作时还兼了10年的会计工作。

1968年，他们结婚了，尽管没有自己的房子，住在岳母家，屋子也很小很挤，但是很幸福。有了孩子后，他们带着孩子下乡演出。孩子感冒发烧，都是敖登吉木自己给孩子打针。有一次去部队演出，他俩都要上台，他们就把小孩儿放在舞台旁边，告诉孩子千万别乱动。他们上台，小孩就直接上演出舞台蹦蹦跳跳地玩。部队里那些当兵的，看到一个孩子上台找妈妈，还给了很热烈的掌声。

现在，退休了的敖登吉木自己组织了一个文化团，还在做一些文艺活动。她说："回想起来在乌兰牧骑的工作也挺有意思。牧民们都很热情，也很亲切。"

在乌兰牧骑的6年里，成帮老师遇见爱人，遇见恩师，遇见布里亚特的民族服饰。这三个遇见，成就了他的一生。至今，鄂温克乌兰牧骑的演出服装都是成帮老师设计的。他说："我选择了鄂温克草原，这里的草原和人民给了我全部。我要回馈这片草原。"

行走在"三少民族"中的乌兰牧骑，由于长期在群众中演出和生活，所以非常熟悉本地文化。又因了解党的民族政策，他们也是党和"三少民族"群众的纽带和桥梁。他们的多重视角、多重经验和观念、他们的问题意识和使命感，注定他们成为文化守望者。他们是乌兰牧骑队伍中旋律最美、声音最嘹亮的三只百灵鸟。

布图格奇的艺术情缘

武永杰

巍峨起伏的阴山横亘于乌拉特后旗境内，它像一道巨大的屏障将乌拉特地形分为南北两部分。位于乌拉特后旗北部的潮格温都尔镇的河槽里有一片洼地，在洼地上星布着五间土房的遗址。每年春末夏初时，一簇簇马兰花在这里静静开放，她们瘦骨清风、脱尘超俗，顽强地扎根在泥土里，虽然没有人顾及她们的美丽，但她们依然独显风姿守护在戈壁滩上。也就是这一片挚爱的土地，让布图格奇有着一生最难忘的记忆。

这五间土房面积不大，东西两边的屋子稍微大一些，可供5个人住宿，中间两间稍微小点儿，可容纳3个人住宿。虽然这里环境恶劣，条件简陋，却容纳了乌兰牧骑队员们住宿、办公、学习、练琴、练声、练功所有的场地。后来虽然经历一场暴雨，这五间土房已经倒塌了，但那低洼的河槽、青砖的沙石院子、孤独的练功木杆，连同墙角那些绽放的马兰花一同闪现在布图格奇老队长的眼前。

说到激动之处，布图格奇老人声音有些哽咽。

那一夜，我和布老师进行了又一次电话采访。我们持续通话3个多小时，布老师依然回忆满满、激情高昂。真没有想到一位65岁的老人聊起乌兰牧骑的往事，一直滔滔不绝，我的手机都已发烫，电量严重不足，但我们的许多语言仍在隔空传递。真没想到，布老师不仅精通马头琴，而且还有着非常精湛的文笔，他发表过那么多汉蒙作品，出版了那么多的书籍，在近几年的生病休养中，他也从没有停止过工作，一部一百万字的《乌拉特民俗》正在准备出版。说到此处，布老师的声音有些沙哑，我的眼睛不由得湿润了。

1956年2月，布图格奇出生在乌拉特中后联合旗海流图镇一位老艺人家里。父亲宝音达来是旗二轻局木器厂的一名木匠，他心灵手巧，会制作蒙古族乐器，母亲哈斯娜布其是一名鞋厂工人，会制作蒙古族布靴子。

布图格奇的童年是在乌拉特草原上长大的。5岁那年，父母被下放到牧区。小时候每当黄昏的时候，奶奶总会坐在蒙古包前唱歌，父亲总会悠闲地拉起四胡，布图格奇在草地上蹦蹦跳跳，他多么渴望能拉一拉父亲的四胡，但父亲怕他弄坏，总是挂在高处。

布图格奇有一个梦想，他渴望能制作一把属于自己的四胡。一天，布图格奇放学回家，无意中，在草丛间发现了地质勘探队测量时遗弃的类似卷尺的宽带子。他从里面拉出了像钢丝状的绳子，用手指轻轻一弹发现有响声。布图格奇就把这些废旧的钢丝一段段地捡回来，然后找到一个手电筒的空壳子做成四胡的筒子，外面用羊皮包起来，一个简单的四胡制作成功了。

晚上，他拿出自己制作的乐器向父亲请教，父亲看了看，发现这把四胡虽然尺寸不对、粗细不对称，但可以发声。第一次，父亲意识到布图格奇如此喜欢乐器，开始教他拉四胡。在学校里，布图格奇的音乐天赋尤为突出。小学毕业后，"文化大革命"开始了，布图格奇不得不返回牧场放牧。

那年他的哥哥初中辍学，从学校带回来《钢铁是怎样炼成的》《蒙古秘史》《江格尔》等书。每次放牧时，他总会捧着书躺在草地上大声朗读，读到忘神之处，他会忘记回家。布图格奇渴望知识，但他没有读书的环境。经过几年的放牧生涯，他已经慢慢地适应了这样的生活。布图格奇喜欢读书，但也喜欢那些和他朝夕相处的驼群、羊群。

一日，哥哥对他说："你不能这样，你得继续读书，你喜欢放牧，但也不能错过学习的最佳年龄。"布图格奇突然领悟了哥哥的话。第二天，父亲骑着骆驼从巴音前达门公社出发，整整走了一天才到达潮格旗一中。

这是一所初高中连读的中学，初中两年，高中两年。布图格奇非常珍惜这次学习机会。在学校里，他勤奋学习，刻苦读书，学习成绩总是名列前茅。1973年10月，他光荣地加入了共青团，在学校团委任宣传委员，负责学校墙报专栏。他还参加学校里的文艺队，写诗、拉四胡、说好来宝等，表现很突出。

1974年冬天，高中毕业后，布图格奇在校园里遇见了教他的音乐老师。老师问他："这几天旗乌兰牧骑向社会招收学员，你不去试一试？"

"我不知道考什么内容呀？"布图格奇满脸懵懂地说。

"你不是会拉四胡、写诗、说好来宝吗？"老师对布图格奇说。

布图格奇这才默默下定决心，一定要试一试，再说高中毕业也得找个工作干呀！

一次意外的考试机会，使布图格奇有幸与乌兰牧骑结缘了。

考试时间到了。主考老师是内蒙古广播电视台的两位老师，一位老师是来采访的，另一位老师专门负责艺考。考场设在红色文艺宣传队里。布图格奇个头不高，眼睛小，但是是一个很有灵气的蒙古族小伙子。轮到他考试时，主考老师拍拍他的肩膀问："小伙子，你会什么？"

他回答道："我会写诗，还会拉四胡、说好来宝。"

初试结束，又要复试了。复试到底要考什么？布图格奇根本不知道。音乐老师提醒他，自己编几个段子，说唱"好来宝"。布图格奇喜欢写诗，从前在《巴彦淖尔日报》发表过一些小文章。"难度不大。"布图格奇心里默默地想。

复试过后，主考老师对大家说："回去等通知吧！"

布图格奇的父母对他这次考试相当重视，母亲不识字，是一位传统的蒙古族妇女，经常会唠叨几句。父亲告诉他："这是一支毛泽东思想文艺宣传队，要是考上了就可以参加工作，一定要好好学习党的政策。"

那天晚上，全家人正在讨论此事，突然听到有人敲门。一位小伙子走进屋，他兴奋地握着布图格奇的手说："兄弟，你考上乌兰牧骑了，旗文教局通知你明天去报到。"

报喜的小伙子是和布图格奇一起考试的同乡，布图格奇询问他的情况，同乡很坦然地说："我年龄大了，自身条件也不行，你好好学习吧！"望着同乡紧握的双手，布图格奇心里很不是滋味，激动之余，他为小伙子的落考而感到惋惜。原来，那位同学去旗文教局打听考试消息时，主管人事的干部让他给布图格奇捎信，通知布图格奇过来报到。

第二天，父亲骑着骆驼走了大半天，把布图格奇送进了这支红色文艺宣传队。刚进大院儿，辅导老师远远地向他招手，把他带进一个练功房。这是一排泥瓦房，练功房面积不大，青砖地面，黄色泥土的墙壁上刷着蓝色的油漆，屋子里温度很低，但舞蹈队员们却穿着红色的秋衣秋裤正在练功。布图格奇看了看自己，穿着羊皮裤，外面套着母亲改制的一条绒裤，里面是白色的衬裤，他羞涩得不敢脱衣服。在老师的再三催促下，他才扭扭捏捏地把裤子脱下来，低着头走进了队伍里。

"原来是让我来这里做这事的？"布图格奇心里默默地嘀咕着。经过一段时间的学习，老师告诉他，这是一支"一专多能"的红色文艺宣传队，以后还会接触到更多的活儿。

"我们没法选择出生的环境，但在艰苦的环境中要努力坚守。"采访那天，布老师兴奋地向我介绍了当初乌兰牧骑的情况。

早期乌兰牧骑演出的节目单调，简单的样板戏《红色娘子军》《智取威虎山》根本满足不了当地文化宣传的需求。刚进队里，布图格奇不识谱，练习了两个月的发声和基本功。

一次偶然的机会，使布图格奇真正地走上了艺术的舞台。1975年1月，乌兰牧骑派他去呼和浩特市学习马头琴，15日正式上课。布图格奇有幸跟随内蒙古广播艺术团的布林老师学习马头琴。因为时间短、学习任务重，布林老师制定了一套最简单易懂的学习方法，让初学马头琴的学生打好乐器基础。布图格奇每天练琴时间达16个小时，手指磨破了，继续坚持练习，仅仅用了3个月的时间，他既识谱又掌握了马头琴一些基本的方法和技巧。

那年冬天很冷，过年他没有回家，一个人住在冰冷的小旅店里，忍受着思乡之情。经过3个多月的学习，布图格奇能熟练演奏阿斯尔曲、民间乐曲。

1975年4月15日，乌拉特后旗乌兰牧骑在呼和浩特市参加演出。第一次，布图格奇完成了开场和闭幕节目的长调主奏。第二年，乌拉特后旗乌兰牧骑在巴彦淖尔市旧城影剧院参加全盟文艺会演，布图格奇第一次表演了《草原连着北京》马头琴独奏。

第一次独奏，他心里有些紧张。刚开始，他感觉非常好，可当他抬头看了一下台下观众，刹那间，他脑子里一片空白。幸亏，扬琴伴奏演员重新给了一个过门儿，他才又跟上了乐曲。第一次独自登台，他深刻地感悟到"台上一分钟，台下十年功"的真正意义所在。

1978年秋季，乌兰牧骑队员们下乡巡回演出，当大家坐在车上兴致勃勃地议论着这些天的所见所闻时，布图格奇和赵海远两人一路上不停地推敲着一首新歌词。

晚饭后，队员们去旗影剧院看电影。电影演到一半时，音乐创作员赵海远着急地问大家借纸。大家找了半天也没找到，最后还是一位同事找到了一个烟盒递给他。布图格奇借着影剧院微弱的光线，把刹那间的灵感记录下来。歌曲《我可爱的巴彦淖尔》就是在这种条件下诞生的。这首歌曾在盟区二级文艺会演中获最佳创作奖，并在内蒙古人民广播电台录播，同时入选内蒙古人民出版社的歌曲集《草原新歌》。后来，这首歌一直被乌兰牧骑传唱着。

在艰苦的岁月里，布图格奇和乌兰牧骑队员们挖排干、修水库，他们自编自演，送文艺下乡，每年有五六个月下乡演出，达120场。无论是夏日炎炎，还是寒冬凛冽，哪里有任务，哪里就有他们的身影。

1972年冬天的一个夜晚，乌兰牧骑突然收到上级紧急任务，要送新兵去边防二连，邀请乌兰牧骑慰问演出。晚上11点，他接到命令时，他的母亲生病正在医院里接受治疗。他忙把母亲托付给妻子，立即和队员们收集乐器和演出道具，乘坐一辆解放牌大敞车出发了。北疆的冬天滴水成冰，大家坐在车上，穿着厚重的大衣，冻得四肢麻木，但丝毫没有一点儿怨言，他们相互挤靠着取暖，一边唱歌，一边赶路。等把新兵送到连队，他们的演出也开始了。演出结束后，一位新兵感动地说："乌兰牧骑的演员真坚强、真优秀，我要向他们学习，做一名优秀的边防战士。"

在几年的实践演出生活中，布图格奇与老百姓结下了深厚的情缘，在艰苦的训练中磨砺了他坚韧不拔的性格。布图格奇深爱着这片土地，"一专多能"的红色教育深深地融入了他的艺术生涯中，成为他一生中最难忘的记忆。

1975年8月5日，是乌拉特后旗人永远难忘的日子，百年罕见的洪水像猛兽般地席卷而来，乌兰牧骑仅有的五间土木结构房子、简易的库房和车库都被冲塌了。面对着突如其来的暴雨，当队员们奋不顾身地投入抢救财产时，又传来潮格温都尔公社韩乌拉大队19岁女知青巴达玛为抢救落水的集体羊群不幸牺牲的消息。布图格奇闻讯立即和队员吕善民、陶格斯等演员，赶赴现场进行采访。可谁能想到，等到他们返回队里时，队员们的被褥、衣服和日用品全都被洪水冲走了……

但经过几个日夜的创作，一场歌颂英雄业绩的晚会在全旗范围内演出了。晚会以诗歌、好来宝、小合唱和舞蹈等多种形式展示。晚会上，布老师用马头琴、四胡、大提琴、二胡和电贝斯等乐器演奏，赢得了农牧民的喜爱，激励了广大受灾农牧民同心互助、战胜灾难、重建家园的自信心。

丰富的实践生活，激励了布图格奇创作的情怀。1975年，布图格奇开始创作，写诗歌、好来宝、小说、散文、歌曲、音乐、戏剧、论文、评论和报告文学等多种题材的文艺作品。至今，布图格奇创作的舞台剧节目就有300余部，在区内外发表、录播、演出作品近1000首。荣获自治区及盟市级作品奖、表演奖、编导奖、民间文化'阿尔丁'奖和"五个一工程"奖等60余次。

"二十年的乌兰牧骑艺术生涯为我从事写作、编剧奠定了丰厚的基础，我要把这些故事记录下去。"布老师激动地说。

在40多年的光阴岁月里，布老师成就了自己的艺术事业，也孕育了一个艺术家庭。布图格奇老师的大儿子那日素是乌拉特后旗乌兰牧骑的副队长，大儿媳莫日根高娃是一名舞蹈演员，二儿子是内蒙古电视台的一名编导，二儿媳是内蒙古民族艺术剧院的一名化妆师。

如今46年过去了，从前那个在草原上拉马头琴的小伙子，已变成了一位两鬓染霜的老人。布老师的职业生涯在乌拉特后旗文联也画上了一个圆满的句号，但他对乌兰牧骑的不解情缘始终未变。

谈起自己与乌兰牧骑的不解情缘，布图格奇老师兴奋地告诉笔者，现在虽然已经退休在家，但他每天很忙碌，许多乌拉特民间文化需要整理出版，乌兰牧骑过去的点点滴滴需要记载，那些激情燃烧的岁月一直在他心头萦绕。

密林深处的乌兰牧骑

◎顾长虹

位于大兴安岭西侧的额尔古纳河，如一条银色飘带，将中俄两国天然相隔。右岸的大兴安岭，绵延千里，宛若一颗绿色明珠，镶嵌在中国的东北角，更像一道绿色屏障，守卫着祖国北方的生态平衡。这片广袤的大森林，不仅养育了古人类，更养育了鄂温克族猎民。天上的飞禽，地上的走兽，水中的游鱼，成为他们的衣食主源。高山密林、河长水深的特殊地理环境，造就了鄂温克族人依靠放养驯鹿和狩猎为生的特殊生存方式。位于大兴安岭腹地的根河市，因其特殊的地理环境，根河市乌兰牧骑与生活在大兴安岭的鄂温克族猎民，结下了难分难舍的情缘，成为铸牢中华民族共同体意识最直接的践行者。

随着1957年6月17日锡林郭勒盟苏尼特右旗第一支乌兰牧骑队

伍的成立，各地积极响应号召组建自己的乌兰牧骑队伍。1962年，呼伦贝尔盟各个旗县开始组建乌兰牧骑。呼伦贝尔盟涵盖草原、森林、农田等不同的地域。当时，不在牧区的牙克石市、扎兰屯市、阿荣旗和额尔古纳旗（指现今的额尔古纳市和根河市）成立的乌兰牧骑不能称为乌兰牧骑，只能称为文工团。而生活在草原上的莫力达瓦自治旗、鄂伦春自治旗、鄂温克族自治旗、陈巴尔虎旗、西旗和东旗组建的乌兰牧骑可以称为乌兰牧骑。

1969年，额尔古纳旗又被划分为额尔古纳左旗和额尔古纳右旗。之前的文工团归额尔古纳右旗所有，额尔古纳左旗（也就是现在的根河市）没有了文工团。付国君、温年虎主动承担起了文艺宣传工作。1969年4月，他们与原地方一中教师夏志勇、金河地方学校教师刘岩松组建起了毛泽东思想业余宣传队。他们二人任队长，夏志勇、刘岩松任副队长。办公场所设在旧党校，虽是一排小平房，但丝毫没影响他们的热情。主要演员由知青和从各单位借调的职工及一些干部、学生组成。他们自己带着乐器，根据当时的形势需要，排练一些节目，比如毛主席的最新指示、毛主席诗词以及当时的一些经典歌曲等。节目练好了，他们便在街头巷尾演了起来。别看是业余的，依然备受欢迎。人们经常追着后面看，亲切地喊他们为"毛泽东思想文艺宣传队"。

业余的"毛泽东思想文艺宣传队"热热闹闹地演出了4个多月后，额尔古纳左旗正式成立"额左旗文化队"，任命文化馆原工作人员杨培泽为队长，演员们多数是乡镇生产队抽上来的原文艺骨干，只保留张忠杰等几名原业余文化队的老队员。张忠杰说因为无法称为乌兰牧骑，而百姓们已经习惯称呼他们为"文化队"，所以他们索性将新成立的文化队称为"额尔古纳左旗文化队"。杨队长还特意为队员们做了一批袖标，上面用一行小字印着"额尔古纳左旗"，再用一行大字印上"文化队"。戴袖标的文化队，成了当时最惹人注目的队伍。

"虽然称呼上不一样，但文化队干的就是乌兰牧骑的活儿。"建队之初，张忠杰老师认真地说，"演出、宣传、辅导、服务是主要工作任务；特点也是'队伍短小精悍、队员一专多能、节目小型多样、装备轻便灵活'。"

那时文化队尚处于初创时期，演职员才13人，"短小精悍、一专多能"的人才并不多。后来陆续招进人才，演出任务不断扩大，额尔古纳左旗各乡镇、林场、林业小工队、建筑工地、铁路修建工地、解放军铁道兵驻地，他们都去演出过……

随着时代的发展，从建"文化队"时就在这支队伍里的张忠杰光荣退休。2002年，时任副团长的孟丽提任团长。

铁打的衙门流水的兵，到孟丽当团长的时候，根河市文工团编制20人，实有17人，平均年龄43岁，已远远不能适应时代的要求。再加上设备陈旧、艺术人才匮乏、经费短缺，根河市文工团已无力承担起大型歌舞晚会。

无论文工团的人员配置如何，承担鄂温克族猎民各种庆典活动的任务必须如期完成。因此，2001年，市委、市政府决定对生活在满归镇17公里处的鄂温克民族乡实施整体移民。经过2年的建设，在距离根河市4公里的西郊建好新居，于2003年9月18日举行了盛大的搬迁庆典仪式。这么大型的庆典活动，文工团必须拿出一台像样的节目。人才不够，那就去'借'；设备不先进，那就积极争取条件；节目不够新颖，那就想办法学习。总之，一定要排练出一台体现各民族大团结的节目。最后，整台节目以展示歌颂党和人民关心鄂温克族人民和敖鲁古雅鄂温克族文化为主题，以歌舞为主，以穿插器乐独奏为辅助形式展开演出，得到时任领导和观众们很高的评价，演员们也着实高兴了一阵子。

1年以后，鄂温克族人又迎来了建乡定居40周年庆典。来自呼伦贝尔市13个民族乡的代表及应邀的社会各界嘉宾200多人参加活动，自治区民委、呼伦贝尔市政府等单位发来贺电。中央电视台，内蒙古自治区、呼伦贝尔市及其他省市的众多新闻媒体记者见证了庆典活动。这次乡庆虽然热闹，但整台节目都是外聘来的，文工团没能拿出一台像样的节目，根河当地人心里都有些许遗憾。身为文工团团长的孟丽也没办法，那时候的团里已经不具备拿出一台像样晚会的阵容。偶然一个机会，她得知自治区将大力扶持乌兰牧骑，会给予人力、物力、财力等支持。这对于当时的文工团无异于雪中送炭。孟丽赶紧将这一消息告诉了主管局长沈进利。

"有这好事，那咱们得高度重视，哪怕多跑几趟自治区，咱也要把'文工团'改成'乌兰牧骑'！"沈局长坚毅的目光里，透着一种不达目的誓不罢休的决心。

不出沈局长所料，在他来来回回跑了几趟呼和浩特后，终于获得了自治区人民政府的批准，根河市文工团终于被确认为乌兰牧骑建制。历经40年岁月磨炼，额尔古纳左旗文化队更名为额尔古纳左旗文工团,再到根河市文工团,这个一直干着乌兰牧骑业务的组织终于迎来了名正言顺的称谓——根河市乌兰牧骑,孟丽也由文工团团长变成乌兰牧骑队长。

夏风徐徐,街景如画。大兴安岭的夏总是那么凉爽宜人,2005年7月25日的根河市乌兰牧骑的大厅里,由呼伦贝尔市艺术专家组成的评审委员会正襟危坐,按照"一专多能、政治强、业务精"的原则,对报名参加考试的演员进行了严格的现场考录。最后郭阿健、高珊珊和袁磊等18名成绩优秀的演员,当即被录取。根河市乌兰牧骑隆重地迎来了一群专业演员。这群像花儿一样的年轻人,一下让根河市乌兰牧骑朝气蓬勃,活力四射,重新燃起希望。

随之,呼伦贝尔市文化局要求:各个旗县级乌兰牧骑都要参加"冬季百日大练兵"活动。 刚刚重新建制的根河市乌兰牧骑,队员平均年龄不到18岁,存在舞台经验不足、基本功训练不扎实、艺术水平不高等现实问题。"冬季百日大练兵"恰好给了他们从各个方面提升自己的好机会。

当时又恰逢2006年第二届呼伦贝尔市乌兰牧骑艺术节,重新建制的根河市乌兰牧骑没有理由不拿出一台像样的节目。孟队长向局里提出了外请老师排节目的想法。沈局长不但同意还提出自己的建议:"咱们人员已经配备整齐,这次艺术节应该以敖鲁古雅鄂温克族文化为特色排练一台节目,肯定能打个翻身仗。"这一想法也得到市委、市政府的大力支持。

自党和政府将敖鲁古雅鄂温克族从大森林里迁出来那天起,鄂温克族人民和文工团便亲如一家。宣传各民族大团结、宣传党的政策给鄂温克族人民，为他们的各种庆典编排节目，成了文工团责无旁贷的功课。对于更名为乌兰牧骑的新队员们而言，走进鄂温克族的生活、延续宣传民族大团结是他们的首要任务。但是新招进来的队员，并不了解鄂温克族的生活。不了解，那就去体验他们的生活。孟丽带着舞蹈演员苗小萍，约上电视台的记者杜刚、文化馆的王炜，求敖鲁古雅乡的司机开着212吉普车，直接奔向100多公里外的阿龙山猎民点，去看望充满传奇色彩的玛利亚·索老人，向她了解鄂温克族的风俗人情，寻找创作源泉。

玛利亚·索老人知道孟丽他们的身份和此行的目的之后，非常支持，当即给孟丽唱起了民歌。从事多年音乐创作的孟丽，赶紧拿起纸笔速记。旁边电视台的记者杜刚更是举起摄像头，录下了珍贵的瞬间。出发前他们已经得知，猎民点上有个叫安道的人，松鸡舞跳得活灵活现。他们特别想看安道跳的松鸡舞。

当我坐在队员苗小萍的身边，听她讲述当年的故事时，她激动的心情一下感染了我。她说："《大森林·使鹿部落》开场的鄂温克族民歌，就是取自那天老人家唱的歌。当时想用杜刚录来的原版做开场的音乐歌曲，结果因为有杂音、录来的声音又小，无法使用。没办法，孟丽只好自己对着录音，一个音一个音地翻译、跟唱，硬是学会了这首民歌，然后又完整地唱出来，制作成了开场的那段动人的音乐。那次深入生活，印象最深刻的是傍晚驯鹿回家的场面，真的太壮观了！太壮观了！"

傍晚时分，当万丈霞光贴着山头映进丛林的时候，几百头驯鹿，顶着长长的鹿角，循着玛利亚·索老人摇着的铃铛声，旋风一般飞奔而回的场面简直太震撼了！鹿挨着鹿，角碰着角，争着抢着去吃老人家撒下的盐巴。那一刻，展现在大家面前的，是多么和谐的天人合一的画面啊！舞蹈《驯鹿情》就是看着这个情景创作的。《彩杖舞》《斯特罗衣查节日》则是根据玛利亚·索老人介绍的鄂温克族习俗编排的。

回到队里的两人，赶紧凑在一起将此次体验生活的收获进行总结、策划。没几天时间，二人便拿出了一台晚会的策划案，沈局长看完非常满意，马上去向市委领导申请外聘指导老师。于是，呼伦贝尔剧院的姜楠、高娃和吾涵三位老师被请进了队里。经过大家共同的努力，充满鄂温克族风情的《大森林·使鹿部落》晚会策划完成。

岁月荏苒，一晃12年过去了，当年出演《大森林·使鹿部落》的十七八岁的孩子们，现都已为人父母，当他们和我坐在一起回忆当年的第一台晚会，激动之情依然溢于言表。

阿健队长回忆说："印象最深的就是那地面，胳膊腿不知道多少地方撞瘀青了。那时候，队里条件不好，没钱铺木地板。大家都在那个坚硬的瓷砖上练功。这台晚会上的第一个舞蹈需要我们男演员上场的动作是'滚'着上来的。就为了练习这个动作，我们不知道在那坚硬的瓷砖上'滚'过多少次……"

"排练《彩杖舞》的手杖是用胶合板裁开的，远看是 ·个手杖，其实是一个宽宽扁扁的条子。头顶上绑的鹿角在排练的时候，经常碰撞。女演员们的手磨了一个个血泡。发给我们的舞蹈鞋，几乎都大两个号，鞋底还硬。大家都得小心翼翼，生怕一使劲把鞋甩出去。"旁边的高珊珊补充道。

尽管这样，首演依然特别成功。颁奖典礼上，呼伦贝尔市文化局局长诺敏，对根河市乌兰牧骑的快速发展变化给予了充分肯定，称建制不到一年的根河市乌兰牧骑，终于摘掉了一度倒数的帽子，是"呼伦贝尔市乌兰牧骑队伍中杀出的一匹黑马"。

这匹"黑马"，不但在呼伦贝尔多次演出，2006年10月20日，应辽宁禾丰牧业公司的邀请，在罗书记、郑市长、赵市长和沈局长的亲自带领下，赴沈阳参加辽宁禾丰牧业公司"牵手·超越"主题文艺晚会演出。

从此，这匹"黑马"踏上了属于它的征程，演绎了《敖鲁古雅风情》《敖鲁古雅》等一个又一个辉煌，创造了将中华优秀传统文化推向世界的奇迹。

四弦声声

董永静

与其他乌兰牧骑队伍类似，翁牛特旗乌兰牧骑也有一批业余队员，他们是散落在草原上灵动的音符。他们从牧民中走来，以梦想为弦，悠然轻拨着草原上久远的述说。他们传承着民间技艺，也丰富了民间文化的记忆。

闪亮动春天

几十年后，那个春天依然在乌力吉巴图的记忆里汹涌。村口倏然停驻的那辆大胶马车，嘎嘎吱吱卷着一路跋涉的喘息。好奇的手风琴、大鼓还有敦厚的大木箱，早在一队人的招呼中逐个跳下了车。格日僧这个僻远的村子，零星散落的几处房子，一年四季静默的黄沙，似乎都因这陌生访客的突然到来而战栗、沸腾起来。先前蹲坐村口晒着太阳、拢袖聊天的村民，顾不得拍去身上的尘土，一溜儿奔忙着传递消息。

走在前面的一个梳着大辫子、顶着阳光、着蓝色上衣的女子满面含笑，如柔风般拂过人们疑惑的眼神，温煦中携着清爽。"闪亮"是乌力吉巴图大脑中倏忽蹦出的一个词，就像一弓弹石投掷树梢，山雀突然惊飞；又像天边那颗灼灼耀眼的天狼星，让人忍不住顾盼。那一天，"闪亮"穿透了一个孩子好奇的双眼。田野里、天空中荡漾着或高亢或绵远或深情的歌舞乐声。几种乐器初而和谐缠绕，继而融汇交织，终而成为款款律动的欢欣，慢慢瓦解着一冬的沉默。

声音从围拢四周的人群缝隙中漏出，从还未吐露新芽的林间穿过。远处沙土上翻滚打闹的小伙伴们闻声一跃而起，忙着收拾羊圈的萨日娜大婶放下手中的活计循声跑来，颤巍巍的噶尔图大叔也在儿子的搀扶下点着拐棍紧挪碎步。人们纷纷朝着声音的方向聚拢，暖阳下的羊群似乎也在享受那美妙的声音，马儿悠悠地随着云影缓缓移步。

这支队伍像一股旋风，瞬间冲卷了土色村墟常年的寂寞。

突然到访的人们，突然开启的"盛会"以及由此带来的震撼，对20世纪60年代一个闭塞的村子来说，不可不谓之"冲击"。对小小的乌力吉巴图来说，那一幕就像每次村子逢集，南来北往人声喧闹，送往迎来吆喝起伏。外界那些新鲜事物裹挟的视听冲击，总会让他的神经触觉突兀生长。

　　看得出来，这些访客亲切近人又各怀绝技。他们吹拉弹唱，信手拈来；送歌献舞，一丝不苟。随着他们的到来，这个僻远的小村子听到一个新的名词：乌兰牧骑。这是一个新鲜的名字，也是一个闪亮的名字。犹如一炬火把点燃了那个虽遥远闭塞，但本就能歌善舞的身体记忆。牧民从他们的表演中渐渐了解正在发生和变化着的外部世界，也由此开始有节奏地敲打着平凡的日子。

　　此后，对乌兰牧骑的期盼，时时注满了牧民热切的眺望。

　　乌兰牧骑不曾到来的日子，村子里一些会民间艺术的老人，常在闲暇时自娱自乐，乌力吉巴图的爷爷就是积极的参与者之一。他从积满灰尘的木匣子里小心翼翼地托出一把褶皱斑驳的四胡。"这可是咱牧民的老传统。"爷爷一边摩挲一边喃喃自语。乌力吉巴图伸手摸摸它的琴匣、弦柱，还有一触即能发声的琴弦，心中涌起一股柔软的感觉。四胡，爷爷叫它四股子，村子里的老人们也有叫它"胡兀尔"的。其弦柱上排四根，下立琴筒，风姿卓立。一开弦，苍老的诉说便开启了遥远的记忆。乌力吉巴图觉得这个四胡会说话、有感情，能与他心里久违的声音和谐对应，他一下子就喜欢上了这个乐器。

　　遗憾的是，每一次乌兰牧骑到来，都没带来他最倾慕的四个弦轴的乐器表演。"为什么没有四胡呢？"小小的疑问不停地盘旋在他的脑海。每当其他乐器轮番演奏的时候，那把四弦琴，特别是民间老艺人如痴如醉拉奏四胡的样子，就浮现在乌力吉巴图的脑海。"我想学四胡，我也想和乌兰牧骑一起演出。"

　　小小的梦想埋藏心底，一如蒲公英的种子，倔强而蓬勃。

弦定四十年

清晨的风还是一如既往地从窗口的缝隙中挤进来，被风携来的细沙也悄悄积满窗台。春天的格日僧，一条纵横绵延至天地间的小路，联通了这个小村与外界的期盼，联通了梦想启程的眺望，也联通了过去与未来的坚守。乌力吉巴图经常趴在窗台上望着那条路发呆。

他又拿起了那把斑驳的四胡。每天一起床，他总要先摸摸四胡，学着爷爷的样子一只手按弦另一只手推拉弦弓，虽然只是轻轻一触，但它就像清泉汩汩，清冽沁心。傍晚，他总会跟在爷爷身后，看大家精神抖擞地提弦振曲。只要一段好来宝或一段乌力格尔，就能让牧民放下活计闻声赶来。乌力吉巴图最喜欢这个时候，席地而坐于清朗月夜，有风旖旎，月光柔柔地洒落在草原上，略带凉意却分外舒展。

爷爷经常和村子里的民间艺人一起拉奏四胡。有一次，乌兰牧骑还拽着他们演出过一回，爷爷高兴了好久。可是记忆里有那么一天，爷爷不能坐起来拉四胡了。那是一个树芽缓缓冒绿、草坡渐渐泛青的季节，小鸟久违的鸣啾声开始在田野里翻飞。爷爷蜷在大炕一角，像一棵满身褶皱的老树，不再延展的枝杈里写尽了枯萎。爷爷用尽力气指了指墙上挂的四胡，又指了指他。那一刻，乌力吉巴图才知道，爷爷早已读懂了他的渴望。

秋天，乌力吉巴图背上书包上学去了。

清晨涉过沙窝，踏过坑坑洼洼的土路，下午循着晨时走过、脚印早被沙土掩过几回的原路返家。

乌力吉巴图一进屋就把书包挂在门上，抱起四胡开始琢磨。他越来越笃定，每一根发出的弦音有着不一样的意义，每一个音符中藏着不同的密码，这个密码一定能解开许多他现在还不知道的秘密。每一根琴弦每一天都被他的小手扒拉无数遍，什么时候能像老艺人那样，让古老的曲子一首首从自己的手中娴熟地拉奏出来，能和他所企慕的乌兰牧骑一起，为农牧民们演出……想到这些，他的心便欢腾起来。

心中所念，终有回应。第一次与乌兰牧骑合作，第一次为农牧民演出，或者说第一次为整个格日僧苏木的农牧民演出，是在1969年。当时恰逢中华人民共和国成立20周年，全苏木开展大型国庆活动。

彩排节目期间，10岁的乌力吉巴图被老师领到一个眼睛深邃的大个子演员面前。这位手执四胡、面色和善的男子，在专注的备演中，从容而陶醉地拉着四胡。当时排练的节目是老师带着他说一段好来宝作为开场。伴奏演员四胡琴弦甫一拉开，瞬间为好来宝增加了生动的韵律。乌力吉巴图沉浸在这舒畅的节奏里，紧张感瞬间消失了。那丰满醇厚、略带沙音、富有特殊魅力的声音吸引着他，眼神一次次忍不住溜向那位陶醉的四胡演员。当时，那四胡经他手拨出的声音听起来真舒服，就像热腾腾的奶茶里，点了漾漾的酥油，喝一口滑糯绵香。乌力吉巴图至今记忆犹新。

庆祝活动结束后，所有演出队伍收拾道具，整装待返。早被拢回学校的乌力吉巴图还是悄悄溜了出来，他追着队伍的马车跑了很远，只剩下耳边的风和双腿敲应出"嗡嗡"的闷响，他才喊出憋了好几天的那句话："我——想——学——四——胡，我——想——学——四——胡……"稚嫩而坚定的声音一遍遍辗转传向了车队。马车上怀抱四胡的那个演员听到喊声，欠起身摆摆手，断断续续的声音被风送来："到——乌兰牧骑——找——我。"声音在旷野散开，随风俯仰的青草被马车轧过后，更见倔强，转眼又迎风昂扬。

"乌兰牧骑？不就是来村子里演出的那个闪亮的队伍吗？我怎么才能去呢？"站在原地的乌力吉巴图定定地想。苍茫而空旷的野草滩上，小花肆意生长，幽蓝的天空衔着飞絮般的白云，远处柔柔的风推着像白点或黑点的牛羊一簇簇、一团团缓慢地移动。越走越远的马车队，颠颠地起伏在视线中，直至消失。但"乌兰牧骑"这个名词却在他心中又一次凸显出来，像个活跃的动词，开始自由组合……

时间一点一点地向前踱去。乌力吉巴图上中学后，听说学校有个文艺队，他积极地去申请。幸运的是，在学校的文艺队里，他意外遇到了兴吉勒图老师——那个曾为他第一次登台伴奏的演员，也是告诉他去乌兰牧骑找他的人。兴吉勒图还记得这个孩子，他发现这个孩子对四胡的感觉不错，跟他说："你放学来找我，我教你。"就是这一句"我教你"腾起了乌力吉巴图久违的心愿，也是这一句"我教你"让这个小男孩从此坚定了方向。

兴吉勒图老师是翁牛特旗乌兰牧骑的第一届队员，技艺娴熟、专业素质高。他们随着乌兰牧骑经风沐雨，一直穿梭在草原上。兴吉勒图老师对这个好学而坚定的孩子十分喜欢，对他分外关心。当然，他在教授四胡方面，也非常严格。

从四胡演奏的指法到发音的共鸣、从按弦的部位到双手的配合，从琴弦的振动到听声辨音的训练，从弓毛琴弦的摩擦到熟练演绎……每一处提升都浸润着老师的耐心和用心，每一次改变都倾注了孩子刻苦和踏实的努力。乌力吉巴图完全被老师的讲解迷住了，第一次发现四胡还有这么多的学问。以前，四胡的理论和谱子，他一点儿都不懂，村子里拉四胡的老人也大多不懂，更不要说一些关涉四胡的专业术语了。

规范而严格的教授中，乌力吉巴图快速掌握了四胡的基础理论，并认识了四胡的种类和正确的演奏方法。从推拉弦弓的角度和力度，从运弓按弦揉弦的轻重幅度，从发出呕哑啁哳的狼音到悠扬的乐音响起，他练习了整整3年；从单纯对四胡的喜爱，到将其传承的想法变成实际行动，他用了近40年。

在老师潜移默化的影响和讲述中，他仿佛看到曾经流浪在草原上的说唱艺人，从历史的烟云中走来，将所闻所感借助指间的四胡，用随见随唱的随性自由演绎得淋漓尽致。从天上的浮云到地上的游虫，从人情的冷暖到世间的寒凉，不一而足。四胡成为民间艺人用以倾诉内心疾苦和遭遇，表达美好期待和向往的一种方式，有着最接近农牧民生产生活和情感世界的天然基础。而深受农牧民喜爱的乌力格尔和好来宝，也在四胡的伴奏下更加摇曳生姿。

四胡，是流淌在农牧民心中永恒的一首歌。

弦歌声不辍

工作后的乌力吉巴图进入教育行业，成为一名教师。虽没能站在舞台上，但站在讲台上也并没有搁浅他的梦想，让古老的四胡得以传承，为农牧民演出的心愿仍在他的心中蓬勃。

在素质教育逐渐彰显优势的大环境下，借助在教育部门工作的优势，他奔走四方，竭尽所能，将传承的想法变成了切实可行的课程，纳入学生艺术培养的项目。让这种古老的乐器弦歌不辍，让不断长大的孩子们依然能听得懂、会传唱、能传承这些古老的民族技艺，是乌力吉巴图的心愿。

他将自己的设想报教育局及分管教育的旗领导后，得到大力支持。随后，四胡作为素质教育的课程项目被引入翁牛特旗部分学校的课堂。在他的努力下，最初的试点学校选在白音塔拉。随后在很长的一段时间里，他结合自己的本职工作，对该校校本课程进行持续追踪和不断丰富，并给予相应的指导。发现效果不错，他便着手组织各个学校开展校际课程观摩。随后，他的教研活动采用"请进来，走出去"的方式，定期邀请专家，组织各校对有专长的教师开展民间技艺的培训，也竭尽所能推举适合的老师走出去参加相关活动。

一校试点成功，他又琢磨着将课程延伸到其他的学校。随后在几所学校相继开始将传统民间艺术形式引入校本课程。乌力吉巴图又针对不同的校本课程申请了相应的课题研究项目，以期持续推进课程研究和开发，并不断提升教师的专业技能和专业水准。与此同时，他与几位友人利用业余时间奔走于全旗各个苏木乡镇，充分了解情况、广泛搜集资料、挖掘聚拢老艺人……功夫不负有心人，行走了3个多月后，他们召集起全旗各嘎查100多位热爱四胡演奏的农牧民老百姓。大家同声相应，火红的晚霞映照着田间地头和草原深处每一位民间艺人的心愿。几位年逾花甲的老人积极响应："这个传统艺术可不能丢了，不然我们死后就没剩啥了！"古老的民间艺术是一种技艺。偶然的一次机会，乌力吉巴图与格日僧苏木白音塔拉嘎查的2位牧民，以及乌兰牧骑的几名队员，代表赤峰队迎战八省区四胡比赛夺得优胜奖，这是乌兰牧骑与民间艺术传承人合作表演的一次默契展示。正是这一次默契的合作，让乌力吉巴图更坚信团队的力量。

2010年8月14日是一个值得纪念的日子，翁牛特旗四胡协会成立了。这是一支全部会员均来自基层，自发自愿凝聚的艺术团体，也是乌力吉巴图将自己的期待与大家的期待相融相契、变成现实的重要时刻。四胡协会的成立，自然得到相关部门的大力支持。随后不久，该协会就被旗乌兰牧骑收至麾下，成为其散落在草原上灵动的星火。

记得有一年初冬时节，乌力吉巴图随乌兰牧骑到海拉苏镇演出。虽然天高地阔，人头攒动，但气温偏低。队员们不确定观众会不会因为天冷坚持不了多久就要散去。后面一些节目的队员，似乎很肯定等不到他们上场，演出就会因观众的纷纷离开而中断。因此，队员们演出的兴致随着天气的寒冷转淡了几分。

舞台选定在海拉苏镇蒙古族中学的校园里。除了镇上的群众，周围村子里来的观众挺多，虽然天气非常冷，但并没有击退观众看演出的热情。校园里人群摩肩接踵，一圈一圈慢慢聚拢。当时海拉苏的镇领导、海拉苏镇蒙古族中学的校领导和教师们也都来了。队员们一看，天气虽冷人却越聚越多，演出的激情一下子又被点燃了。

不一会儿，乌力吉巴图就发现有三五个大个子的男生从队伍中退出，一溜烟地没了影儿。过了几分钟，他看见那几个男孩子头上顶着、肩上扛着、胳膊上搭着被褥和床单等东西，"嗖嗖嗖"从不同的方向跑过来。他们不吵不闹不言语，径直把这些东西分给观众。观众们也会意地接过，向这些学生投去赞赏和感谢的目光。随后把东西或披或盖在身上，继续看演出。人群中短暂的一阵浮动后，演出仍热火朝天地继续着。乌力吉巴图分明触到一种深深的感动在台上台下悄悄流转，弥漫……

薪火再相续

时间见证着每一份不曾荒芜的等待，也见证着每一颗努力传承的初心。2019年10月16日，由内蒙古艺术学院主办，内蒙古民族音乐传承驿站承办的昭乌达民间艺术家展演见面会，在内蒙古艺术学院翰尔阁包内举行。从民间艺术中汲取精华，注重传习民间艺术家的精绝技艺是此次活动举办的初衷。

乌力吉巴图列居八位应邀进站的民间艺术家名录。

邀请民间艺术家进站，旨在对艺术家所掌握的技艺进行系统的录音录像，用以充实民间艺术的资源库，并对进站艺术家进行系统的口述史研究和其他相关研究。与此同时，主办方会安排相关专业的教师和学生，对这些艺术家的技艺和曲目进行传承。

乌力吉巴图与另一位老师共同主持翁牛特旗民歌的传承教学工作。他讲述了歌曲《喇嘛的封地》《沼泽地的柳树》《木其尔》《达古拉》的背景故事，重点介绍了独具风格的翁牛特民歌《达古拉》，引起广泛关注。

活动反响强烈，吸引了内蒙古大学、内蒙古师范大学以及呼和浩特民族学院相关师生、地方民歌协会、史志办、媒体等单位的积极参与。"民间艺术家们传授的宝贵知识，经由一代又一代的学生得以传承和发展，这是一项意义非凡的事业。"内蒙古艺术学院的乌兰其其格教授如是说。

其间，乌力吉巴图接受主办方授予的特聘艺术家荣誉称号。

活动临近尾声，乌力吉巴图为大家表演了四胡。怀抱四胡致意并环视观众席后，他发现候场的人群中有个小男孩，始终灼灼地盯着他的四胡。孩子充满期待的眼神，凝定执着。乌力吉巴图仿佛又看到多年前，一个小男孩接过爷爷最珍爱的四胡、接过兴吉勒图老师的嘱托、接过一路尘沙的磨砺和观众们的期待，保持传承古老民间艺术的初心，从草原深处走来……

精神

习近平总书记的回信中提到乌兰牧骑队员"迎风雪、冒寒暑"，肯定了乌兰牧骑队员艰苦奋斗的精神品质，赞扬了乌兰牧骑永远为人民服务的赤子情怀。

在人类世界里，志愿精神应该是比较高级的一种精神。推而广之，无论是公益事业还是个人善举，都是志愿精神的体现。乌兰牧骑队员如果没有志愿精神，恐怕不会从事这份看起来光荣，背地里却无比辛苦的职业。志愿者的乐趣在于，在帮助别人的过程中感受到自身的价值，我相信，乌兰牧骑队员也一定是如此。奉献，既是乌兰牧骑的使命所在，也是乌兰牧骑人集体价值观的体现。乌兰牧骑潜心创作、专心演出，奉献给观众艺术盛宴，也把自己的青春年华都奉献给了高天阔土。专业，就是工匠精神的体现。乌兰牧骑队员们数十年如一日地修炼"内功"，为的就是让自己的演出臻于完美。普适，即打通高雅与通俗之间的壁垒，让每一个普通的老百姓都能看懂、听懂，还不会降低艺术水准。

如何具体地描述它呢？我想，当你在草原上、村庄里欣赏了一场场乌兰牧骑的演出后，你就自然而然被启发，这是无言的感动，是心灵的颤动，也是你自觉把自己代入他们中间的过程。

开往赤峰的K896次列车

海心

从赤峰演出回来，贾龙、李国光和刘栋成了"名人"，连大街上修轮胎的大爷也认出了他们，竖起大拇指给他们点赞，说："娃娃们，你们牛啊，现在全国人民都知道咱达拉特旗了，这得感谢你们呢。"

"这应该是我们在乌兰牧骑演出以来的一次高光时刻。"

说这话的，是达拉特旗乌兰牧骑的队员贾龙。他从2005年加入达拉特旗乌兰牧骑这支队伍以来，16年里，这算是一次让他回味绵长的幸福时刻。

草原上的《轻骑兵》

可是，没有哪一种幸福是从天而降的，贾龙这一次的幸福来得并不顺利，也算是一波三折。

2020年初，贾龙潜心创作了一支曲子，自己起名叫作《轻骑兵》。

贾龙很喜欢"轻骑兵"这个称呼，因为他自己就是这个"轻骑兵"大组合中的一个音符。在他看来，这个名称最符合乌兰牧骑这个文艺服务团队的特点与气质；同时，这个称呼也能说明他们不断更新的发展脚步。

翻开历史。

1957年，苏尼特右旗乌兰牧骑成立，成为内蒙古自治区第一支乌兰牧骑，9个人、2辆勒勒车、4件乐器，1辆马车便能拉着全部家当行走在内蒙古大地上，一个蒙古包一个蒙古包、一个村庄一个村庄地行走，为农牧民送歌献舞，开展文艺演出。

寒来暑往，勒勒车走到哪里，哪里就撒下串串歌声、阵阵笑语，农牧民亲切地称他们为——"一辆马车上的文化工作队"。

事实上，他们的准确身份是"红色文化工作队"。乌兰牧骑，意为"红色的嫩芽"。

新生，红色，欣欣然充满无尽希望。

这支"红色的嫩芽"，伴随着新中国的成立应时而生并迅速成长壮大。从一出生，它的血液里就注入了一种蓬勃的红色基因，承担起红色的使命，宣传党的政策，传递党的声音，每一个音符、每一个舞姿都跳动着红色的信念。

走过山川沟谷，穿过草原大漠，他们出现在农村牧区、街道社区、企业厂矿、边防连队……60多年来，活跃的身影在每一个需要他们的地方出现。2017年，习近平总书记在给内蒙古苏尼特右旗乌兰牧骑队员们的回信中，亲切地称呼他们为草原上的"红色文艺轻骑兵"。

"轻骑兵"，装备轻便，短小精悍，便于流动，有效弥补了118.3万平方公里的内蒙古大地因地广人稀、交通闭塞为农牧民造成的生活不便与文化生活匮乏。

山河阔大，草原茫茫。每一个生长在这片土地上的男人心里都有一匹奔驰在草原上的马。贾龙也是，他是一名驰骋在文艺服务道路上的轻骑兵。

就像写文章的人总是在字里行间表达自己的情感一样，写曲子的人，也常常借每一个音符表达自己的情感。这种情感，正是贾龙在乌兰牧骑队伍中体验而得的。

曲子属于器乐合奏的形式，一把吉他，一面鼓，加上贾龙自己的一把马头琴就齐活了，符合乌兰牧骑短小精悍的特点。他认准的两个伙伴，一个叫李国光，另一个叫刘栋，都是达拉特旗乌兰牧骑的队员，他们三个是同龄人。

最开始，贾龙没好意思声张，他悄悄把两个伙伴叫到一起，犹豫好半天，几乎是憋足劲儿、红着脸说出了自己的想法。

"我写了一首曲子，想邀请你俩一起排练。咱们试一试，看能不能参加今年的全区乌兰牧骑新人新作大赛。"

大概就是这么个意思，贾龙记得，自己当时好像绕了很大的一个弯，最后才说到重点上。

两个朋友当时的表现很不厚道，一个手里始终摆弄着那个用厚厚的胶带纸把断裂处粘接起来的鼓槌，另一个埋头拨拉着从不离身的那把吉他，练习着一个高难度的和弦。

两个人脸上的表情都是一样的，淡淡的，浅浅的。显然，他们并没有把贾龙说的话放在心里。

"开玩笑！你才拉了几年马头琴？虽说之前创作的一首曲子被中央电视台选中作为背景音乐了，可是至今不是还没有听见任何消息吗？"吉他手刘栋心里是这样想的。

李国光和贾龙是同一年到队里来的，他和贾龙关系一直不错，直接浇了贾龙一盆凉水："你的作品？啥时候你也能创作了？不用看，估计连队里这关都过不去。据我所知，今年队里至少要报几十个节目，你这明显是个新手嘛，反正咱们也参演其他节目，何必再费这事儿。"

贾龙的脸涨得更红了。

是的，达拉特旗乌兰牧骑里能人太多，自己这种处女作一样的尝试，估计第一时间就被泱泱大海吞没了。

可是他还是坚持说："不管怎么说，你俩听一下，感觉一下，如果你俩觉得不行，就当我什么也没说。"

当两个朋友按照贾龙提供的曲谱，简单地合奏一遍后，两个人脸上那种明显的应付表情逐渐变了。

不得不说，贾龙在A4纸上工工整整誊写下的一个个音符、画出的一条条符号线，一经弹奏，立刻立体起来，"活"了起来。他们的眼前似乎出现了这样的画面：

三个身着蒙古袍的乌兰牧骑队员，行进在广袤的草原上、行进在流淌的黄河边、行进在偏僻简陋的村庄里，行进在荒凉遥远的戈壁上。

毕竟，那种顶风冒雪的艰难跋涉，那种以天为幕布、以地为舞台，在一座蒙古包旁、在一棵孤独的树下，在任何时候、任何地点都能送歌献舞的锻炼与磨砺，是每一个草原上的轻骑兵共同的职业经历与情感体验，而这一切，是能够在贾龙的作品中找到共鸣的。

合奏完一曲，三个人保持了短暂的沉默，各自从茫茫草原上、从瓜熟稻香的田间地头收回情绪。

鼓手李国光想了想，说："给你个评价，出手不凡啊！套用咱们开会时领导们挂在嘴边的一句话就是：'你这作品能望得见蒙古包、听得见马头琴、闻得见青草香。'行，有这感觉。"

贾龙眼泪都要掉下来了，他问："真的？"

刘栋替李国光回答说："真的，再好好打磨一下，肯定行。"

打磨有的是时间，毕竟比赛时间定在8月份，还有大把的时间可以琢磨推敲。

吉他手刘栋2019年才加入达拉旗乌兰牧骑。之前，他从事过太多的职业：开过出租车、公交车，也开过翻斗车、拉土车，被吸纳到乌兰牧骑之前，唯一从事过与文艺有关的职业，就是在杭锦旗七星湖艺术团里扛大梁。

因为他从事了太多职业，所以他总是开玩笑地对队员们说："我也是你们要服务的人，所以，你们的节目好不好，受不受欢迎，先得让我检验一下才能过关。"

他的手里总提着一把吉他，走哪儿都要弹一曲，技术娴熟、精湛是这些科班出身的队员们都公认的。队员们知道他的经历，也调侃他："其实你很早以前就算是我们中的一员了，你在人民中，也一直在为人民服务的路上。"

之后，贾龙听了刘栋的建议，把旋律调快了一些，节奏立刻明朗欢快了许多，乐曲的意境也有了很大的改变。2020年7月，乐曲的整体框架出来了，队长淡树林也给出了不少修改意见。接着就是编曲、配器，一个崭新的作品立起来了。每一个音符都饱满起来，传递着一段经历、一种积极向上的情感。

什么样的情感呢？

不怕苦、不怕难，积极向上，永远激情澎湃。

三个人一遍一遍推敲，在每一个人都满意之后，贾龙郑重其事地把作品报到了队里，和队里其他20多个节目一起，等待审核。

找到属于自己的音符

这是个漫长的过程。其间，三个人一边跟着队里排练其他节目，另一边按照计划，下乡入户演出。每年150场的下乡演出，几乎是每一个乌兰牧骑的保底目标。除了演出任务，他们还是农牧民的宣传工作队、文艺辅导队和生活服务队。每一个队员有自己的包联户，队里还有集体包联服务村。入村进行文艺辅导，趁着演出的空隙，帮老乡们收割、为老乡们打扫卫生都是他们分内的事。谁家的玉米卖不出去，他们同样得帮助到处联系推销。

60年过去了。内蒙古大地已经有近80支乌兰牧骑队伍在各自的区域内活跃着。达拉特旗乌兰牧骑在距离第一支乌兰牧骑成立8年后，于1965年正式成立，至今也走过了近60年光阴。

地处黄河拐弯处的达拉特旗，秦直道如一条笔直的箭，在它的境内直穿而过，这里成为农耕文化与游牧文化结合最广泛的地区。农忙时劳动，农闲时演出，这一片土地上的人们是勤劳朴实而乐观向上的。所有镇子、所有村子都有自己的文艺队，但是，因喜好等各有不同，需求自然也各不相同。乌兰牧骑队员们的任务很繁重，秋收后的整个冬季，他们都要驻村入户去辅导。舞蹈、丝弦、二人台、漫瀚调，必要的时候，大秧歌也得扭上一扭、广场舞也能跳上一跳。

由此，队长淡树林常常在会议上提醒大家：

"咱们达拉特旗乌兰牧骑必须适应本地的地域特点，秉承文艺的兼顾性和包容性。把握群众的需求，服务范围也必须相应拓展，达到广泛、多元的目标。这样，我们的队员首先就得达到广泛、多元的要求，一个人只会一项技能显然就跟不上形势了。"

队员们深谙其道，也不断地提升自己。

就拿李国光来说，专业是舞蹈，但是他的蒙古大鼓也常常一鸣惊人，好多入户下乡的舞蹈，都是他亲自编排的。遇上任务多、人手抽不过来的时候，整台节目的编排他也是可以胜任的。

一专多能，一岗多责。这本就是乌兰牧骑对每一个队员的要求。贾龙也是，自从放弃舞蹈专业拉起马头琴，几乎拜了每一个马头琴演奏者为师，队里的几个演奏员自不必说，遇到其他团队的高手，他也一定会虚心讨教一二。下乡时，来观看他们演出的观众里，也不乏来自民间的高手演奏者，贾龙也一定会毕恭毕地把马头琴递给对方，恳求着给自己教两招、点拨点拨。除了学演一些传统的曲目之外，贾龙还暗暗努力，抽空进行创作，这不，就有了《轻骑兵》的诞生。

每一天都在演出或培训服务的路上。忙啊，每一个人都是这样的感受。这样的情况下，他们只能在闲余的时候凑在一起排练自己的小节目。

和其他两个队员不一样，李国光和刘栋虽然也认真排练《轻骑兵》，但是因为还承担着其他参演节目的排练，对这个节目究竟能不能参加比赛并不如贾龙上心。贾龙可不一样，这毕竟是自己的第一首完整的原创曲目，在后期的排练过程中，他征询了许多人的建议，一次次完善、修改，如今，自认为已经算得上是一个精美的节目了。

贾龙太想证明一下自己了。自从放弃了最擅长的舞蹈专业，自己这些年摸爬滚打，始终都在"学"的阶段，是应该有一个好的成绩证明一下自己了。

"哪怕只有一个音符，也是属于自己的。唯有自己的，才是最有意义的。"

这是贾龙心里的愿望。随着年龄逐渐增大，他还是想完成从学演到自己创作的华丽转身。唯有这种本领，才能让他在乌兰牧骑里更长久地待下去。

他犹豫再三，拨通了组委会的电话，前言不搭后语，想问询一下参加比赛的名单出来了没有。

得到的答复是比赛日程又一次往后推了，大致定于11月底在赤峰进行，比赛的名单还在最后审定的阶段。问到自己的作品，贾龙的心提到了嗓子眼儿上，连呼吸都快停止了。

可是，电话那头的人说，还没有最后确定，所以哪个节目也不好做最后的结论。

这样战战兢兢、充满期待又希望渺茫的日子过了一个多月。有一天，队里一片嘈杂，参演节目的结果下来了，大家议论纷纷。

队里报上去的几十个节目里，只有为数不多的几个节目通过了审核，贾龙的原创节目《轻骑兵》位列其中。

惊讶、唏嘘、不解、祝贺……那一天，整个乌兰牧骑都处在沸腾状态。精心排练的节目没有入选，大家自然是有些灰心丧气，一方面讨论原因，另一方面又感叹着，把艳羡的目光朝向这三个普通如尘埃的队员。

的确，这三个队员是众多星星中最普通的，勤勤恳恳、默默无闻，并不属于特别出类拔萃的。

他们这些口了排练的节目《轻骑兵》，也和他们的人一样普通，并没有引起大家的重视。《轻骑兵》之所以也随着其他节目一起报上去，是队长淡树林坚持的结果——作为一队之长，他一直倡导，让队员们少一些学演的痕迹，多一些创作的意识。他当然不能打击这三个队员创作的积极性。

结果有些出乎意料。

三个年轻人最开始懵懵懂懂不敢相信，等消息得到最后确认后又欣喜若狂。当天晚上，三个人下乡回来后，浑身疲乏。但还是找了一个小饭馆喝了点酒，算是庆贺。意料之外，他们拿到了全区第二届新人新作大赛的入场券，三个人互相鼓励，要抓住这次机会把最好的状态展示在大家面前。

他们再次把作品分析了一遍，继续修缮，精雕细刻。李国光使用的一个鼓槌在之前的一次演出中断了，绑了厚厚的胶带纸。但是他说："我准备就用这个断了的鼓槌去参加比赛，如果获奖了，我就把这个鼓槌当宝贝收藏起来。"

比赛的预通知一拿到手，三个人立刻兴高采烈地购买了11月18日中午从呼市飞往赤峰的飞机票。按照日程安排，11月19日下午，他们就应该穿着草绿色的演出服、戴着精致的小帽，走上向往已久的舞台，只听贾龙马头琴声一起，三个人、三种乐器欢声共舞，嘈嘈切切，婉转悠扬，完成他们梦寐以求的器乐比赛之旅。

这种心情，每个人都应该有过吧？激动、不安、兴奋，甚至还有那么一点点担忧。

激动与兴奋可以想象得到，他们担忧什么呢？

当然是担忧自己的水平，毕竟是全区的大赛，群英荟萃，不知道自己能不能有机会在这样大的平台上取得好的成绩，崭露头角。

他们却独独忘了，在北方的冬天，最该担忧的是当天的天气。

18日上午，在家陪孩子的贾龙有些心神不宁。因为在这之前，副队长朝格图已经带领19号上午参加声乐比赛的队员先行到达赤峰。在一早的电话里，他非常担忧地告诉贾龙，赤峰的天气预报里有大雪。

"老天保佑，等你们来了再下雪也不迟。"他说。

"老天保佑，让我顺利参加这次大赛吧。"贾龙也在心里这样祈祷。

老天并没有听到他们的祈祷，上午10点多，达拉特的天也变得阴沉沉的，不久，细碎的雪花也悠悠地飘下来了。

一片雪花一座山，压得贾龙有点喘不过气来。他干脆撇下孩子老婆早早到队里去了，收拾收拾乐器，也好分散一下注意力。其他两个队员也早早来了，三个人看着阴郁的天色，聊起千里之外已经洋洋洒洒播散开来的大雪，中午饭也没心思吃。

朝格图副队长再次打来电话，这个电话，让他们的心顿时坠入深渊："赤峰的雪下得急而且大，短短时间已经积雪很深，我刚听到消息，赤峰机场已经封了。"

"改乘火车。"朝格图和贾龙同时做出决定。

"分头行动，我买票，你们几个赶紧收拾好出发。"朝格图队长说。

可是，当天的动车没有了，其他车辆都停运了，只有一列由包头发车的慢车K896次即将出发。既然是慢车，速度自然不会快，几个人查了查，计算了一下，即使到了也应该是19日下午3点40分，而他们即将参加的器乐组决赛时间是19日下午2点开始，到5点结束。

最快的速度下车，从火车站再到比赛现场，还有一段不近的路要走，要换服装，要熟悉舞台……时间似乎不赶趟。

"咱们……还去吗？"一个队员犹豫了。

"走，就坐这趟车。"贾龙想也不想就决定了。

就在犹豫讨论的几分钟内，K896次列车原本还存留的百余张卧铺票被一抢而空，幸亏朝队长眼疾手快，三张从包头驶向赤峰的硬座票让三颗惊魂未定的心总算是暂时安稳下来。

"咱们这儿也下大了，火车不会停运吧？"另一个队员自己嘟囔。贾龙心又往下一沉，他拿起电话，给接送他们的小王师傅打电话。小王师傅开着自家的车飞快地赶到了。几个人火速上了队里专门负责接送队员的车，却发现需要加油。小王师傅是一个中规中矩的人，坚持要到指定的加油站刷卡加油。到了加油站，刷卡的机器坏了，刷卡失败。几个人的心情糟透了，眼看着小王师傅还要到另一家加油站去，贾龙抬抬手腕看看表，时间已经来不及了。他打开钱包，自己掏钱加了油。几个人终于冲出车水马龙的达拉特旗，向着包头方向跑去。

状况一个接着一个。

由于加油耽误了时间，原本买在包头站的车票，无论如何也赶不上了，几个人又转变方向。冰天雪地里，一辆载着梦想的车半个小时内直接冲到包头东站，你背着琴我扛着鼓，奔跑在站台上，总算是在K896次列车开走的最后一刻，踏上了火车的踏板。

人生何尝不是一波三折

车上的人好多呀，挨挨挤挤，过道里都是没有买到坐票的人和无处安放的行李。几个人好不容易找到座位安顿下来，贾龙就接到了朝格图队长的电话。

他说："我刚刚和组委会请示了一下，把你们的演出顺序往后调了一下，保证你们明天下午能参加这次大赛。"

三个人相视一笑，提着的一颗心总算安稳下来。这一路的奔波，这一波三折的剧情，让他们筋疲力尽，但丝毫不影响他们快乐的小心情。三个人小心翼翼地把乐器在座位下面安顿好，才想起，从早上到现在，水米未打牙。忙碌和紧张，让他们忘了饿、忘了渴。

列车经过广袤的田野，雪还在不管不顾地下着，外面白茫茫的。三个人觉得他们算是幸运的人了，心情也轻松极了。

"K896次列车，是我们的幸运车。"

话题从幸运转到不幸，贾龙给进队仅一年的刘栋讲起了自己当年跟腱断裂放弃舞蹈的经历。

贾龙和李国光都是2005年走进达拉特乌兰牧骑的，两个人都是舞蹈演员，一起在队里10多年，民族舞、现代舞，两个小伙子你方唱罢我登场，算是把各种舞蹈跳了个遍。

2009年，在一次集训中，贾龙反复练习一个总也做不好的高难度动作，腾空旋转一次、两次……在最后一次起跳、旋转、落地的时候，只觉得脚下一阵钻心地疼，他立刻倒地不起。他被送到医院后，医生给出的诊断是：跟腱断了。

休息一年后，贾龙拄着拐杖一瘸一拐回到乌兰牧骑。他必须面对的现实就是，自己的舞蹈生涯就此结束。他心灰意冷，不知所措。

他才23岁，正值一生中最好的年华。可是，这一年里，悲观、失望、彷徨，各种不安的情绪，无时无刻不包裹着年轻的贾龙。

孩子受了伤，最疼的是父母的心。养伤期间，家里人轮番劝说他，伤好了干点别的营生，不要再当演员了。那段时间，老母亲一碗鸡汤一碗肉地端到他手里，贾龙左右为难，不管不顾地吃喝，身材自然会走样，体重上来容易减下去太难。那样，自己就不能轻快地舞蹈了。可是，一口不吃，伤口不会愈合，最主要的，老母亲眼巴巴在一旁看着，这是一个母亲对儿子毫不保留的爱啊。

家里人帮他找了一份工资稳定、按时上下班的工作。挣钱多少倒在其次，至少不用披星戴月下乡演出，那样太辛苦也太不安全。贾龙的心有那么一会儿动摇了，他并不是不知道外面的世界有多精彩，他也想到更大的世界去闯一闯，而乌兰牧骑，不过几点灯光、一方舞台，哪儿偏远就出发去哪儿，哪儿落后就出现在哪儿，他们见过最简陋的农舍和蒙古包，他们也见过最稀疏的观众。

"哪怕观众只有一个人，也得演。"

那是在黄河岸边的一个小村庄里，年轻人外出打工去了，只留下孤老伤残留守在这一片土地上。他们的到来，让老人们如黄河水一样浑黄的眼睛里泛出了一汪清泉。老人们守着一个村庄，也守着此生的记忆。

乐曲响起来，队员们唱起来，跳起来，这个沉寂已久的村庄热闹了起来。

"都是我们年轻时候爱唱的曲儿，再往前几年，大娘我也能和你们比一比。"老大娘灰扑扑的脸上，掠过一抹灿烂的霞光。

"比上过年热闹了，娃娃们。记住常来啊！"老大爷拉着贾龙的手久久不放开。

夕阳西下的时候，队员们登车离开，一筐子鸡蛋一兜子枣，几颗芋头半袋子小米，还有生的瓜子儿熟的毛豆，红的苹果黄的梨，杂乱地堆在过道里，不知道谁递上来的，也没有明确是给谁的。这就是大爷大娘们为犒劳这些孩子们，能拿得出手的最好的回馈了。

时隔多年，那双手的温度还在，大爷恳切的话语还在。

几经思索和选择，他心里还是不忍放弃，最终选择继续留在乌兰牧骑。不能跳舞，那就做点别的。自己不是最向往做一个有内涵的马头琴演奏员吗？

之前顶岗所学，不过是略知皮毛，现在终于能沉下心，好好学一学、练一练了。回到队里后，贾龙抱起了马头琴，开始了枯燥、艰难的马头琴学习。这一次，他从最基础的音阶练习开始，队里那几个技术精湛的队友，就都成为贾龙虚心请教的老师。其间，为了留在乌兰牧骑，他客串各种身份：伴舞、小品演员、灯光、剧务、司机。总之，缺岗就顶上去，有洞就补上去。

这个时候，乌兰牧骑队员"一专多能"的特点就充分显示出来了。

和贾龙一样，李国光也是队里的多面手。跳舞，拉琴，打鼓，编排，唱歌不一而足。虽然他并没有像贾龙一样因病退舞，可是对于舞蹈演员来说，30岁的门槛一过，舞蹈生涯就走下坡路了。

一个拉琴，一个打鼓，两个曾经的舞蹈演员，用另一种方式奔走在为民演出的路上。

也许是因为期待已久的演出，贾龙心情大好。他滔滔不绝，讲到布日古德乐队，提到了多才多艺的队长淡树林，也讲起在乌兰牧骑这么多年的感受。

正讲得津津有味，本来就缓慢如蜗牛爬一样的K896次列车速度再一次慢了下来，最终在一个前不着村后不着店的荒郊外停止不动了。一开始大家还不以为然，时间一长，纷纷沉不住气了，毕竟大家不是坐着这辆车看风景的。这辆车里的许多人都和贾龙他们一样，是飞机走不了，没有动车，其他车也停运的停运，最终无可奈何挤到这里的。

谁不是脚踩风火轮，早出晚归地忙着啊。

大家纷纷下车看，却发现不远的地方，许多工人正在清理积雪。这场雪实在太大了，是那种百年不遇的急雪暴雪，飞机停运，客车停运，就连队员们本以为万无一失的火车，也被迫停下来，需要把厚厚的积雪清理掉再前进。

时间是宝贵的，比赛机会是千辛万苦才争取到的。可是，他们没有翅膀，不能飞着过去。他们主动请缨，说自己可以到前面铁道上去帮着清理积雪。工作人员直接就拒绝了。

"别添乱。"他们说。

　　他们三个悻悻而回，隔着车窗，望着一望无垠的雪地，回想这一路奔波，内心一阵茫然。

　　这一定是老天和他们开的一个玩笑。

　　这时候，朝格图队长打来电话，听到这个坏消息，他沉吟一下，说："这样，我向组委会申请，把你们的比赛顺序调在最后一个，应该是6点左右，你们无论如何也应该到了。"

　　三个年轻人的眼里再一次燃起了希望。可是，一直到下午3点左右，火车走走停停，清理一段行进一段，并没有走出多远。

　　好不容易被选上，参赛的事情眼看就泡了汤，三个人的心情像坐上了过山车，经历了冰火两重天。一惊一喜，落差万丈。

　　朝队长的电话又来了，他遗憾地说："照这样的速度，这一次你们估计是无缘比赛了。"

　　泪水溢出了眼眶，贾龙甚至能听到澎湃的泪水流进肚子里，汩汩倒流的声音。

　　三个人沉默了。

　　其实，因为K896次列车的停滞，周围的人们也都早已焦躁不安。电话铃声此起彼伏，打电话的声音不绝于耳。

　　没有一张脸是平静的，没有一个人是不抱怨的。天气不好，人们的心情比天气还糟糕。车厢里，充斥着沉重又郁闷的气氛。

　　这一路上，他们三个人结识了几个朋友，一个护士，一个教师，还有一个塔吊车司机带着他的叔叔。几个人你一言我一语天南海北地聊天。

　　对面的一对儿叔侄是生意人，这场大雪阻断了他们在赤峰的一单生意的招投标之路。两人掏出随身携带的一瓶酒，摆出一袋花生米、几个鸡爪子，干脆逍遥自在地喝起酒来。三个人被邀请一起喝一杯，贾龙属实是没有一点心情。

事情就是这样，列车正常行进的时候，人们就像平行的轨道，互不交集。可是，如今堵在路上了，整个车厢的人们倒热络起来，你吃我的面包我替你打杯水，你敬我让地成了一家人。

这个大雪纷飞的下午，满载着希望与失望、满载着幸运与不幸，满载着牢骚与抱怨的K896次列车，穿过山川、原野、穿过都市、乡村，在一片混沌中龃龉而行，一路向前。

在K896次列车上

夜晚已经降临，贾龙的电话已经很久不再响起。

朝格图副队长在确定他们无论如何都赶不到大赛现场后，沉默半响，作为过来人、作为乌兰牧骑的老同志，他懂得这样的机会对这三个年轻人有着怎样的意义，懂得这样擦肩而过的失去对他们三个人意味着怎样的打击。

他也只好安慰贾龙以后还会有机会，之后，就不知道再说什么好，电话也就不再打来了。

旅途还在继续，漫长的夜晚笼罩了旅客们的焦躁与不安。夜幕中，K896次列车像一条巨大的长龙在一片洁白中穿行。人们横躺竖卧地睡去了，刘栋抱着他的吉他坐在座位上进入了梦乡。喝了二两小酒的李国光也沮丧地蜷缩着瘦瘦的身子躺在鼓上睡觉了。逼仄的车厢里，贾龙一点睡意也没有，他仍然呆呆地坐在窗边，望着车窗外那一片将天地连接的惨白。

哐当哐当，哐当哐当。这非常有节奏的行进曲，让贾龙想起了自己的梦想，想起了渗透着三个人大半年心血的《轻骑兵》。

不管怎么样，K896次列车距离赤峰越来越近了。可是，在贾龙看来，此次行走的目的地却离自己越来越远，梦想也与这混沌的世界融为一体，变得遥远而模糊。

时走时停，时间进入到19号的下午3点，他们才走到大板。按照预定计划，他们此时本应该穿着整洁的演出服，意气风发地出现在第二届全区乌兰牧骑新人新作比赛的舞台，开始自己的表演，实现每一个乌兰牧骑队员都有的梦想。

可是，K896次列车却再一次被堵在冰天雪地中。

灯光璀璨的舞台终究是要错过了，三个人的目光聚在了一起，目光里的内容都是一样的。

失望至极。

贾龙把目光收回来，他看看周围一张张同样沮丧、失望、焦急不安的脸。他想起了跟着达拉特乌兰牧骑服务基层演出时，扛起的一面旗上写着的11个大字："人民在哪里，舞台就在哪里。"

是啊，这是刻在每一个乌兰牧骑队员心里的口号啊。乌兰牧骑自建队之日起，就把为人民服务几个大字写在自己的旗帜上。

是啊，人民在哪里，舞台就在哪里。既然错过了大赛的舞台，何不将这小小的车厢作为乌兰牧骑为人民演出的舞台？

三个人一拍即合，立刻行动起来。他们去找列车员，列车员去找列车长，得到了消息的一些旅客，纷纷向他们身边靠拢过来。

为了尊重旅客，也为了完成自己的比赛愿望，三个人穿好了演出服，戴好了头饰。列车长带他们到车厢最中间的位置，简单地将三个年轻人的情况介绍了一下。贾龙看看表，此时，正是他们参演的比赛时间。三个队员相视一笑，美妙的音乐就响起来了。

3分钟，缓慢行进的K896次列车上，一把马头琴，一把吉他，一面蒙古鼓，节奏铿锵，韵律悠扬，美妙的琴声飘出车厢、飘向了茫茫大地、飘到了遥不可及的赛场。三个年轻的小伙子用精湛的技艺和饱满的热情演绎着自己的原创作品——《轻骑兵》。

人们仿佛看到了车窗外一望无垠的白色瞬间转换了颜色，变成了碧浪翻滚的草原。三个意气风发的乌兰牧骑队员，快马加鞭行走在天地间。

不，他们身后，还有一支又一支队伍，还有几千名乌兰牧骑队员。60多年来，一代代乌兰牧骑队员迎风雪、冒寒暑，累计行程130多万公里，为各族群众演出服务36万多场次，观众总数达2.6亿人次，创造了自治区乃至全国文艺发展史上的一个奇迹。

他们身后，是行走在黄河之湾的达拉特旗乌兰牧骑，他们是众多红色嫩芽中的一支，同样秉承着红色的信念，弘扬乌兰牧骑的优良传统，传递着党的声音和关怀。

他们在极大地丰富着农牧民的文化生活的同时，也被滔滔黄河水滋养着。一个个生动而感人的故事，激发着队员们的创作灵感。淳朴的农牧民们和最朴素的生产、劳作场景，让他们的创作不仅带着"露珠"和"泥土味"，也带着为老百姓服务、为基层服务的初心和使命，在广大人民中深深扎根。这一支精悍团结的队伍用一根"为人民服务"的红线，将一代一代乌兰牧骑队员的人生课题表达得淋漓尽致。

当你翻开达拉特旗乌兰牧骑队员心中一本本红色的时光簿，阅读这些驻留在时光之中的红色故事，走进生生不息的乌兰牧骑岁月，你会结识无数个贾龙、李国光和刘栋。在流淌的红色时光里，你能找到任何你想要的答案。

三个人沉浸在音乐之中，忘记了是在车厢里，仿佛回到了大草原，回到了黄河边，回到了村庄里，回到了人民中间。

收音、曲罢，短暂的沉寂，继而，整个车厢车爆发出雷鸣般的掌声。金奖银奖，不如百姓的夸奖，热烈的掌声，就是对他们的最高嘉奖。

原本沉寂的车厢瞬间沸腾起来。

车窗外天寒地冻，而这一辆开往赤峰的K896次列车，其乐融融，温暖如春。一首《轻骑兵》，早已让人们焦躁的情绪暂时得以释放。

抵达人生的一次成长

大雪封路13个小时之后，K896次列车终于在11月20日凌晨5点到达赤峰。

三个人拖着疲惫的身体和沮丧的心情下了火车。赤峰彻骨的寒冷，却被一个好消息融化——让他们没有想到的是，昨晚的车厢表演在不经意间迅速发酵，已经让他们和他们的音乐走进千家万户。

朝格图副队长比这三个年轻人还兴奋，让他们今天务必保持电话畅通。

"我的电话已经被打爆了。"他说。

中央电视台、内蒙古电视台、鄂尔多斯电视台以及达拉特旗融媒体的记者们都排好了长队，要采访这几个把车厢当作大赛舞台的"红色文艺轻骑兵"。

"你们昨晚的举动，不仅展现了乌兰牧骑的队员对音乐的热爱，也完成了人生的一次竞赛。"

事情并没有结束。20日下午，朝格图副队长告诉他们一个更振奋人心的消息，虽然器乐类的比赛已经结束，但组委会特批，让这三个辗转到来的年轻人在今天下午的小戏小品曲艺蒙古语组的比赛后，将他们精心编排的器乐合奏展示给大家。

"既然远路跋涉而来，怎么也得到真正的舞台上亮一下相。"

意外、兴奋，却唯独没有紧张。

盛装登场，三个人出奇的坦然，昨天的表演，他们正是当作这一次大赛来完成的。那个逼仄、狭长的车厢，挤满了天南海北的观众，别说，当时的场面他们都有些紧张。这下子嘛，全放松了。这三个年轻人，用最饱满的热情，为全区乌兰牧骑新人新作大赛的赛事进程画上了最后一笔。

事情再一次出乎他们意料。

从台上下来，朝格图副队长悄悄告诉他们，他们刚刚完成的不光是表演展示，他们被组委会特许，用这样的方式完成了参赛的心愿，经过评委们严格公正的评分，《轻骑兵》以总分第七名的成绩，获得本次大赛的银奖。

熬过了冰冷的夜晚，漫天的阳光就洒了下来。

2020年11月21日，白雪皑皑，天高云淡。

对于全区乌兰牧骑来说，这是个值得纪念的日子，这一天，正是习近平总书记给乌兰牧骑队员回信3周年的日子。在隆重而温馨的颁奖晚会上，他们还被授予第二届全区乌兰牧骑新人新作大赛"特别奖"。

上台领奖的那一刻，掌声雷动。泪眼蒙眬中，贾龙似乎看到了千万匹奔驰在草原上的骏马，他们带着红色的轻骑兵，奔赴在戈壁草原，奔赴在人民中间。他们手捧一颗红色的心，从未改变。

从2020年11月18日出发，到2020年11月21日，4天时间，对于经常在外演出的乌兰牧骑队员们来说，时间并不是很久。但是这4天里，贾龙、李国光和刘栋经历了人生中的一次重要成长。

一次偶然事件，让那些抄写在笔记本上的字词句段，有了更直观的体验。

"其实，每一名乌兰牧骑队员的日常就是如此，只要带上你的嗓子，备好你的乐器，舞台随处便是。"贾龙说。

有了这一次的鼓励，他将正在创作的另一首曲目起名为《梦骑兵》，继续用最钟爱的乌兰牧骑时光，讲述勇敢无畏的精神，讲述一代又一代成长于草原上的"红色文艺轻骑兵"，用时光雕刻经典，策马扬鞭，跨越草原。

朵云温都儿的交响

鄢冬

朵云温都儿是兴安盟扎赉特旗境内的一处著名景观，也被当地人称之为"神山"。神山脚下的乌兰牧骑，努力回馈着神山的赐予，用心寻找着一种通灵神秀的风致。

它位于巴彦乌兰苏木、巴达尔胡镇和阿尔本格勒镇交界处，距音德尔镇西北70公里，距齐齐哈尔市190公里，距乌兰浩特市115公里。神山系大兴安岭余脉，山体呈东北西南走向的长条状，海拔多在500～900米之间，主峰海拔1158.8米，南北长20公里，东西宽13公里，总面积为260平方公里。

一方水土，造就一方风韵。2010年，扎赉特旗乌兰牧骑编创歌舞剧《朵云温都儿的传说》斩获全区乌兰牧骑艺术节银奖。

扎赉特旗乌兰牧骑的办公地，是一条狭长又逼仄的走廊，这条走廊里，任何一个大艺术家都必须明白减肥的重要性，狭窄的走廊里不能并行二胖。有意思的是，你进入到哪个办公室，都必须要大声说话。因为你的声音一定会被刻苦练功的队员们的声音打断或淹没。一会儿是马头琴的悠扬，一会儿是长调的高亢，一会儿是练声的起伏，一会儿是舞步的节奏。总之，这可以算是扎赉特旗的一条艺术长廊了。然而，和传统建筑的长廊不同，这条艺术长廊汇合了生命的光和热，因此从这条长廊里走出来的人，也都值得结识。

长调歌手海日罕，2008年毕业于内蒙古师大音乐学院。作为兴安盟为数不多的长调演员，她的长调空灵高亢，优雅高贵，举手投足间都似乎在垂问兴安大地上的生灵。在舞台上，她一身圣洁的装扮。长调是她的咏叹，而长调之外的沉默则是她平静的感应。海日罕个子不高，但声音掀起的巨浪却能轻易吞噬理性与矜持的扁舟。海日罕，一双笑眉的主人，唱长调时会习惯性地微微闭上眼睛，就像两道水湾向着太阳的高度泛起波澜。

声乐队队长金河，2010年来到扎赉特旗乌兰牧骑。与海日罕不同，他没有在高校学过一天专业的声乐知识。他出生在一个半农半牧的家庭，今年已经42岁了。但是，在歌唱时，他就是自己的老师，自己的神。

他唱了20年的歌，把青春唱出了中年的沧桑，把最初的爱好唱成了一辈子的事业。进乌兰牧骑对他而言最大的改变，莫过于他在队伍中接受了更多系统、专业的培训，并且自学多种乐器，练就自己"一专多能"的基本功。

舞蹈队员孙海丽，一个29岁的姑娘，讲起话来干脆利落，甚至舌尖似乎在踩着迪斯科的节拍。2014年进入扎赉旗乌兰牧骑，毕业于南京师范大学泰州学院，她坚定地认为，只有乌兰牧骑才可以给她足够大的舞台让她施展自己的才华。具体说，就是"以天为幕布，以地为舞台"。下农牧区演出，没有特定的舞台，因此穹顶之下的青山绿水处处都是舞台。她说自己就是"人来疯"的演员，一下基层就电量十足。能够扎根自己故乡的沃土，充分发挥自己的能力，就是无悔的事业。她说，有了舞台就有了一切，就有了扎根生活的勇气和力量。

瘦瘦高高的宝祥，满脸写着斯文和内敛，喜欢穿一身绣着书法的大褂，这更加深了他的书卷气。然而，就是这个队员，当他放声歌唱时，便成为俯瞰人间的巨人。宝祥经常随着队伍入户，和百姓之间建立了极其亲密的感情。入户，是指在每一次下乡演出的时候，队长要和乡镇领导了解，有哪些行动不便、无人照顾的留守老人不能来看演出，然后再视情况组织个别队员登门献歌。这是"附加动作"，而不是"规定动作"。然而，对于这些老人而言，身体、心理的双重压力往往让他们倍感孤独。宝祥说，他有一次登门唱歌，歌没唱完，老人就泪水涟涟，紧紧握住他的手，眼里充满了对儿子的思念。那次演出，宝祥唱了又唱，老人哭了又哭，手攥得越来越紧……

扎赉特旗，是兴安盟最大的一个旗，位于内蒙古、黑龙江和吉林三省交界处。扎赉特旗这些年经济腾飞，各地纷纷打造旅游景观。图牧吉里，飞翔的丹顶鹤和自在吃草的马儿遥相辉映；好力宝镇，五彩水稻有着一颗"智能芯"；绰尔河畔，鲜嫩的绿色与收获的黄色共舞共歌。

　　这些孩子们，肆意地享受生命的惊喜，尽情地感受艺术的律动。

走出森林的《敖鲁古雅风情》

顾长虹

演出成功了！

演出成功了！

2009年7月29日，根河市乌兰牧骑人永远都不会忘记的日子！

人们沉浸在欢乐的海洋里，凤凰卫视八个机位同时采录、直播，当晚打开网页，便已满屏可见。这是根河市乌兰牧骑第一次以舞台剧的形式，全面展示使鹿鄂温克族的生产、生活以及民俗风情等状况。从舞台设计、舞美灯光、演员阵容、筹划演出等方面都堪称当时国内一流水平。

演出获得极大成功，根河市乌兰牧骑的演员们激动得抱着他们的指导老师哭了！而为这台演出一直幕后付出的歌唱家布仁巴雅尔及他的爱人乌日娜，更难以抑制激动的心情。作为索伦鄂温克族的乌日娜，特意向我介绍了《敖鲁古雅风情》这台节目的来龙去脉。她说帮助家乡乌兰牧骑做些事情，把优秀的文化传播出去，是她本应该做的事情。

听完乌日娜讲述《敖鲁古雅风情》的由来，我了解到根河市乌兰牧骑这台晚会的成功，离不开队员们和他乌日娜夫妇的互相支持、互相鼓劲，是鱼离不开水，游子离不开故乡的深情。

还要回到2008年6月初，为了完成向鄂温克族自治旗成立50周年献礼的任务，"吉祥三宝"一家来到了根河市敖鲁古雅使鹿部落搜集民歌。工作人员因有机会得见布仁巴雅尔和乌日娜，非常高兴。布仁巴雅尔和乌日娜表示，在搜集民歌的过程中，他们也会系统了解使鹿部落里的生活状况，看看能不能帮他们把优秀的传统文化宣传出去。

同为鄂温克族，玛利亚·索老人见到乌日娜，高兴地说"是姑娘回娘家来了"，格外亲切。老人不但把家里好吃的都拿出来，还把鄂温克族的重要习俗，比如生火做饭、抵御疾病、庆祝节日、婚丧嫁娶、熟皮子、做列巴等都讲给他们。这不正是乌日娜想找的吗？收获满满的乌日娜和布仁巴雅尔回去后，很快做出了一个全面展示使鹿鄂温克族生活的舞台剧方案，邮寄回了根河市，得到根河市政府的认可。恰逢即将召开的呼伦贝尔市两个文明建设会议，在根河市举办的闭幕式需要一台大型节目，根河市政府决定将乌日娜提出的方案推出。

为了全面了解所有使鹿鄂温克族的生活状况，乌日娜夫妇冒着严寒走访多个地区，将鄂温克族的生产生活状况进行比较、整理、记录。有了第一手资料还不够，他们还于2009年3月，特意邀请了多名专家，在北京召开了一次国际交流研讨会。经过会上专家们的认真研讨，对演员的舞蹈动作、歌曲旋律、歌词主题、服饰风格、舞美灯光和现场道具等逐一研讨，最终达成一致意见：所有细节必须符合鄂温克族的文化特点。

万事俱备，只欠东风。乌日娜将这些前期准备工作与根河市政府进行了详细沟通，很快达成合作意向，组成团队：乌日娜任总导演、布仁巴雅尔任艺术总监、乌热尔图任顾问、丹德尔任舞蹈编导。整台节目主要展示使鹿鄂温克族春、夏、秋、冬四季不同的生活，最后大家在希温契雅河边欢聚一堂。

尽管11年时间已经过去，出演《敖鲁古雅风情》这台节目的演员们讲述当年排练和演出的情况时，仍然激动不已。

一直留职根河市乌兰牧骑的演员高珊珊，是我第一个采访的对象。她说使鹿鄂温克族生活的环境和鄂温克旗的索伦鄂温克人不一样，索伦鄂温克族生活在草原上。他们在呼伦贝尔艺校上学时学的舞蹈语汇，基本都是表现草原辽阔的感觉，手臂、腿上、脚下的动作可以尽情地施展，甚至可以夸张一些，彰显那种粗犷、豪迈。但使鹿鄂温克族每天钻进树林里，脚底下总像有障碍物似的，根本不可能跑得飞快，还因担心惊扰到猎物，力量就得更轻。因此，在舞台上表现生活中的这种情景，演员走路的方式就成了脚尖用力、脚跟离地。而手上的动作更是受限，因为树枝生长并无规则，在森林中行走，势必会用手臂遮挡头部，以免刮伤；也会用手拨开挡着视线的树枝，或者需要低下头绕开树枝。若此时猎人在寻找猎物，更要躲在树丛中，弯腰低头作潜伏状。

丹德尔老师特意把团里的阿琉娜老师派过来教他们练习基本动作。要求大家先把脖子抻出来，前左后右；手指掰开，每天都要掰，掰到就要断了似的。抬起手臂，和肩同高，就像一条流水线，自然顺畅；腰和胯骨每天都得半蹲着扭，前脚尖着地，脚跟抬起，左臀部提起找左肩膀，画个圈扭过去，右臀部提起找右肩膀，身体还要前倾。这个姿势每次做，都需要保持20分钟后才能放松一下。每天都这样练习，真是要疯了的感觉，但是没有一个人掉队。等这样的基本动作熟练掌握后，再把手的动作加上去，把头的动作加上去，再练习到熟练后，就可以任意加动作，随意变动作了。

"如果你仔细品味，你会发现所有的舞蹈，都可以不用音乐，演员们哼着的'啊哒，啊哒，啊哒'就是最好的伴奏。有时候丹德尔老师要表达的意思，翻译也说不明白。反而大家自己和老师比画着表达各自的意思，领会得更快。"旁边的杨富斌听高珊珊讲的时候，也向我介绍。

排练虽然困难，但用高珊珊的话说："在舞台上，就没有一个舞蹈演员做不了的事！"这群20岁出头的年轻人，硬是将整台舞蹈动作学得滚瓜烂熟，至今都还记得。提起演出的情况，采访现场一下子又热闹起来。

"这次演出的服装真好啊，都是用一比一的比例还原猎民们平时穿的衣服，都非常符合人物身份。"乌日娜老师详细地介绍了服装的故事。

乌日娜夫妇不能一直工作在排练现场，但他们二人也没闲着，而是将北京的一处住所腾出来，请了十几个懂得鄂温克族服饰的人一起手工缝制演出服。在北京制作，很多花边、毛边可以就近去买。而皮毛类的服装，比如貂皮、狐狸皮，则需要去河北和山东购买；仙鹤和松鸡的羽毛是从广东购买回来的。

说起购买布料，乌日娜还说起了布仁巴雅尔老师的一件有趣的事。

原来，为了选一款适合的布料，布仁巴雅尔老师将车停在了河北石家庄一个大型集贸市场外面。当他扛着满满一大呢绒丝袋子布料往出走的时候，路边有个人一下子认出了他，追着要和他拍照。扛着蓝红相间的呢绒丝袋子的布仁巴雅尔老师，该怎样和他拍照呢？机智的他看着那个人说："对不起，你认错人了，我不是那个布仁巴雅尔。"当那个人还愣愣地看着布仁巴雅尔，没明白过来怎么回事的时候，他已经逃离了那个现场，跑回车跟前。

为了能将这台室外舞台剧的灯光效果做好，乌日娜和布仁巴雅尔请到了中央电视台春节联欢晚会的舞美灯光师曲国军。他也曾经参与2008年北京奥运会的舞美灯光工作。凡是看过这台节目的人，都会被露天舞台上美轮美奂的灯光效果所折服，尤其有个镜头是紫色的撮罗子，恍如来自人间仙境。从头至尾一个一个优美的场景，无不给观众留下深刻的印象。

平时对艺术追求极尽完美的布仁巴雅尔老师，对这部舞台剧的歌曲及配乐的要求，更是要求到极致。尤其是大部分的人声配音，均是由布仁巴雅尔、乌日娜、白岩、丹德尔和古香莲几人一起录制的。有时候一个人能录出来几个人的声音。而节目里的所有民歌，几乎都由乌热尔图和布仁巴雅尔合作完成。

　　一台完美的舞台剧，离不开漂亮的服装、多彩的灯光、优美的音乐，更离不开演员们的倾情演绎。待到演出前，他们才知道，搭在希温契雅河边的舞台是倾斜的。夏末秋初的根河市，天气渐渐转凉。每天傍晚，希温契雅河边都会早早起雾，而原定演出时间设在晚上，更是不可更改。观众还没到场，舞台上已经凝结了一层小水珠。演员们的舞蹈鞋都是很硬的塑胶鞋底，踩上去直打滑。本就倾斜的舞台，再加上鞋底滑，这无疑增加了演出的难度。尤其在这夏末秋初的季节，演出服都是遵循剧情里的季节制作的。第一场表现的是秋天，衣服都是薄呢料，厚靴子。用高珊珊的话说："夏天穿呢子衣服跳舞，还戴着帽子，不跳都出汗啊！但是我们不但跳，还得动作幅度大，不然穿上服装后，远处根本看不出来我们的动作。一场跳完，全身大汗。下场赶紧换另一套服装，在一分钟内必须返回台上。那种忙乱，可想而知。但是你看节目录像，我们没有一个人让人看出来有问题。要说苦，我说不出来，要说为啥演得好，就一句话：克服困难，团结协作，在舞台上就没有一个演员做不到的事情！"

　　舞台剧《敖鲁古雅风情》首演大获成功，演出完毕，观众们逐渐散去的时候，乌兰牧骑的队员们，一起拥抱着丹德尔老师，热泪盈眶。毕竟为了这一场演出，他们苦练了将近一年时间。虽然仅仅依靠比画交流，但依然无法阻隔浓浓的师生情谊。那种成功后的喜悦，唯有泪水才足以表达。

　　天空在为他们鼓掌，森林在为他们祈祷，河流在为他们歌唱！

　　而所有观看节目的领导、同仁、观众无不为这台节目拍手称赞。路人纷纷竖起大拇指赞叹：

　　"这回根河市敖鲁古雅使鹿部落算是出了大名了！"

　　"鄂温克族的日子会越来越好！"

　　"《敖鲁古雅风情》的成功演出所产生的影响力，一定会带动根河市的旅游业兴盛起来！"

　　看着根河人的生活质量越来越高，看着根河人脸上洋溢的笑脸，根河市乌兰牧骑的演员们高兴极了；乌日娜夫妇开心地笑了；根河市政府的领导们也为肩头的责任得到落实欣慰地笑了……

绽放在草原上的马兰花

武永杰

冬去春来，草原上的马兰花开了又谢，奇妙的光环轻轻摇曳在浩瀚无垠的大草原上，她用特有的浓紫色装扮着茫茫戈壁。雄鹰飞过多情的彩蝶，炊烟下响起了牧人的长鞭，百灵鸟飞过思念的牧场，悠扬的马头琴声回荡在心海。

时代在发展，社会在变革，前进中的乌兰牧骑人从潮格温都尔镇的五间泥土房，搬到巴音宝力格镇两排简易的砖瓦房里，从砖瓦房又搬到会展中心的综合办公大楼。从徒步演出到农用大胶车，再到解放牌大卡车。如今的乌兰牧骑有了自己遮风挡雨的大巴车、流动舞台车。现代化专业设备走进了舞台。

"只要农牧民需要，我们就去演出，把欢乐送到百姓的家门口。作为一名乌兰牧骑队员，我们一定要走到群众中去。"这是乌兰牧骑队员们共同的心声。

满足人民群众日益增长的对美好生活的向往，在发展中求锤炼，内强素质，外树形象，不辱使命，传承辉煌，发展中的乌兰牧骑人传递着手中的接力棒，扎根生活沃土，服务农牧民群众，推进文艺创新，努力创作着接地气、传得开、留得下的优秀作品。

"我们这一代乌兰牧骑人生活条件、工作环境发生了很大的变化，习近平总书记给乌兰牧骑的回信鼓舞了我们。在乌兰牧骑工作，我们很自豪。"舞蹈演员苏拉娜高兴地告诉笔者。

苏拉娜是乌兰牧骑的一名舞蹈演员，母亲乌仁、父亲阿尤喜都是乌拉特后旗乌兰牧骑退役的老演员。苏拉娜是在潮格温都尔镇乌兰牧骑的大院里长大的，小时候父母去哪里演出都带着她。由于从小受家庭环境的熏陶，她非常喜欢音乐。15岁那年，她就随父母下乡演出了。2003年，乌兰牧骑招生，她有幸成为乌兰牧骑的一名正式演员。

乌兰牧骑的队员世代以演出为使命，他们走到哪里，就把家搬到哪里。许多孩子从小跟随父母一起演出，对于幼小的他们来说具有非凡的意义。这样的经历使孩子们有机会用清澈的眼睛观察人，用纯真的童心感受人与自然的深情友谊。他们朝夕相处，纵情歌唱，结下了深厚的友谊。

"乌兰牧骑承载了我们青春的记忆，留下了我们的爱情故事。"谈起与乌兰牧骑的艺术情缘，青格尔回忆满满。

青格尔是乌兰牧骑舞蹈队队长，老家在通辽。他的姑姑是当地文艺队的一名舞蹈演员。辽阔的大草原给予他得天独厚的创作灵感，年幼的青格尔喜欢用肢体语言表达自己的情感。2004年4月，青格尔从东方影视学院毕业。暑假期间，同学那日素带他到乌拉特后旗玩耍。一次偶然的机会，他走进了乌兰牧骑的排练场，老队长阿图雅拍着他的肩膀说："小伙子，这里缺人，你留下吧。"他不由自主地走进了练功房，看着许多大哥哥大姐姐们穿着练功服在跳舞，他好羡慕啊！就这样他成为乌兰牧骑的一名业余舞蹈演员。2006年，他通过国家正式考试入职，又经过2年的刻苦锻炼，2008年，他成为舞蹈队的队长。

刚进队里时，青格尔不善言谈，他高高的个子，一张娃娃脸上镶嵌着一双会说话的大眼睛，是许多女孩子青睐的对象。当时舞蹈队里都是一些十七八岁的孩子，他们白天排练，晚上演出，不管是练功，还是出去，总是在一起。

在众多的姑娘里，性格开朗、热情奔放、美丽善良的苏拉娜走进了青格尔的视线。7月14日是苏拉娜的生日，队友们很随意地提出要给苏拉娜一个惊喜。晚上排练完毕，大家纷纷凑钱买小零食，青格尔表现得非常热情积极。那天，情窦初开的青格尔和苏拉娜聊到很晚，不知怎么有那么多的共同话题。不知不觉夜已深，同事们看他们聊得火热，都悄悄地离开了。那天晚上，腼腆的小伙子第一次向美丽的姑娘表白了爱意。那一夜过得真快，两颗相依的心碰撞在一起。不知不觉，已经天亮，他们漫步在郊外的原野上，手牵着手一起去看日出。

他们重复着一代又一代乌兰牧骑人的爱情故事。虽然时代在变迁，如今的乌兰牧骑人工作、生活不再那么艰苦了，但始终不变的是他们吃苦耐劳的精神。

2010年底，经历了6年的爱情长跑，青格尔和苏拉娜喜结良缘。婚后，他们全心全意投入事业中。2015年6月18日上午9点，他们的女儿出生了。当时乌兰牧骑在潮格温都尔镇有一场专场演出，青格尔是这次演出的一个舞蹈演员。他刚刚把女儿抱出产房，手机铃声响了，原来是队长问他是否愿意让别人顶替。岳父岳母看到女儿情况已经稳定，对女婿说："你赶快走吧，那边演出等着你，这里有我们在，你放心。"青格尔开着车匆匆赶到演出会场。

半小时后，演出开始，美妙的音乐缓缓响起，舞台上五颜六色的灯光随着音乐忽明忽暗地闪动着，令人眼花缭乱，红光似火、粉光似霞、黄光似电，把观众瞬间带入了欢乐的世界。青格尔全身心地投入舞蹈的表演中。而此时，妻子剖宫产手术麻药的药效已过，伤口剧烈地疼痛着。青格尔刚刚下舞台，便接到妻子打来的电话，就急匆匆地往医院里赶。

女儿的出生给小两口的生活带来了无穷的乐趣，但是更复杂的问题出现了：两个人都是舞蹈演员，每次演出都要一起走，照料孩子成了最大的困难。

2016年6月，队里接到上级通知要去鄂尔多斯参加蒙古舞大赛。但女儿还没有断奶，正当苏拉娜一筹莫展时，妈妈和婆婆做出决定，两位母亲带着孩子陪他俩一起参加演出。

参赛前一天，青格尔开着自己的小车，三位母亲带着一个襁褓中的孩子和一些日用品出发了。到达康巴什后，他们找了一家便宜的宾馆住下。

第二天，苏拉娜给孩子喂饱了奶，摸着孩子粉嫩嫩的小脸，把孩子托付给两位母亲，就匆匆奔向演出现场。剧场距离康巴什有一段距离，苏拉娜产后身体没有完全恢复，她一路晕车恶心。来到剧场，当她看到舞台上灯光闪烁，舞台下观众坐满席位，心情激动不已。她努力地使心情平静下来，开始自己的演出。悠扬的《乌拉特情韵》渐曲落幕，台下观众响起了热烈的掌声。这个舞台没有因为这位妈妈的缺席而留有遗憾，这个团队没有因为这个家庭的缺席而缺少荣誉，他们克服困难，圆满地完成了演出。乌拉特后旗乌兰牧骑在本次大赛中获优秀奖（演出不分奖次）。

演出刚一结束，这位妈妈就晕倒在地。长时间孩子不吃奶，苏拉娜的两个乳房憋得非常疼，豆大的汗水从她的额头上掉下来。为了方便就诊，青格尔和队友们只好把苏拉娜送进社区附近的一个诊所。两位母亲抱着孩子也来到诊所，一起陪她输液。

"由于工作的特殊性，我俩曾经一起聊过，要不其中一个调动一下单位。但每当有这种想法时，我们就停下来了。因为我们谁也割舍不下这个舞台。"妻子苏拉娜告诉笔者。

"每当我们的演出感染到观众时，观众给我们反馈回来的眼神特别让人享受。乌兰牧骑就是我的家，是生命中不可缺少的一部分。"丈夫青格尔说。

苏拉娜的母亲乌仁常对女儿女婿说："现在乌兰牧骑条件这么好，你们好好珍惜这大好机遇，孩子的事情你们不用担心，有我和你爸爸照管。"作为一名乌兰牧骑退役的舞蹈演员，乌仁理解孩子们的心情，她用全部精力支持着孩子们的工作。

"从事舞蹈专业是吃青春饭的,随着年龄的增长会慢慢地不适应,你有没有想过退居二线或者转行？"那天下午我对苏拉娜进行了第二次采访。

34岁的苏拉娜风采依然,身材亭亭玉立,她用甜甜的声音回答道:"我永远不会这样想。我感觉自己还可以跳好多年呢！我觉得一个人的心态很重要,只要心态年轻,我们就永远年轻！"

而如今,苏拉娜已经是一位有着20年工龄的乌兰牧骑老队员。队友们亲切地称呼她"姐姐"。

岁月更迭,时光飞逝,前进中的乌兰牧骑队员们换了一批又一批,但没有改变的是他们对职业的情怀。下基层、上哨卡、走边防巡回演出,宣传党的方针政策,丰富农牧民的文化精神生活,他们以实际行动赢得了人民群众的好评。

悠扬的笛声在草原上随风飘荡,雪白的羊群散落在山野,乌拉特草原上的马兰花开了。遥望紫色的花海似一泓静水,金色的牧场芬芳四溢,不惧风沙的马兰花静静颔首,在蝶舞蜂飞的变化中散发着温柔的气息,共赴一场浪漫的约定。

乌兰牧骑就是我的家

鄢冬

2004年，16岁的达楞太来到额济纳旗乌兰牧骑。

2021年，33岁的达楞太已经是这支乌兰牧骑的队长。

如果你在50米开外的地方观察他，你会发现他几乎是一座巍峨的山。17年的乌兰牧骑岁月给他带来了很多财富。如果你和他坐下来聊聊，不难感受他的阅历都已经沉淀成他结实的肌肉，举手投足间都透露着出笃定的满足和蓬勃的希望。

达楞太坚定地说："我的生活、我的事业都是乌兰牧骑给的。我爱乌兰牧骑，乌兰牧骑就是我的家！"

2004年，额济纳旗乌兰牧骑要招舞蹈演员，初中刚毕业的达楞太，带着一口袋的艺术梦想就来参加招聘了，他如愿了。可是，那时的他，更多的是因为青春的热而起舞，他还并不清楚，乌兰牧骑对他而言到底意味着什么，也不明白，他的这个选择可能改变了他的人生。

乌兰牧骑队员要"一专多能"，所以，他除了跳舞还得学点别的。达楞太很有艺术天分，学什么都学得快，事业一路顺风。然而2008年，达楞太在一次舞蹈演出时，把锁骨摔断了。他没有办法像以前那样轻盈地舞蹈了。

那一刻，他有恐惧、迷茫，但他并没有崩溃。他只是急迫地想着，必须得思考另外一种表现他内心激情和理想的方式。于是，他慢慢转型成为一名戏剧演员，为额济纳人民贡献了一场场精彩的小品、话剧和影视剧。

他的身材越来越魁梧，越来越不像个舞蹈演员了。他从一个优秀的舞蹈演员转型为一个出彩的戏剧演员。在很多影视作品中，都能看到他的身影，他的"曝光率"无疑增加了，但他更加注重内心的真实。让人感佩的是，他似乎越来越不重视自己的"形象"，肥胖的身体中，藏了戏剧中的诙谐与幽默，开始为了戏剧而放弃了优雅。

任何一种理性的放弃，都必然会迎来朝阳和霞光。达楞太的乐观和积极，总能带给身边的人勇气和力量。达楞太虽然没有接受过高等教育，但他脑子里充满了智慧，其实更为重要的是，他对待事业总是赤诚投入。因此，他才能年纪轻轻就在这个团队中取得威望。

达楞太不到30岁的时候就做了这支队伍的党支部书记，随后又当上乌兰牧骑队长。他的质朴、真诚和温暖，深受队员们的喜爱。

"我们队人少，在编27个人，还有21个同工同酬的队员。额济纳地方偏远，人口又稀少。所以这些人是天天见，都比家人还熟了。"

"我当队长以后，家人一开始不理解，觉得工作在哪都是干，为啥要揽这么一摊子活儿。有时候我们做音乐、排练，一干就是一晚上，少了很多陪家人的机会。我就劝家人，我的生活都是乌兰牧骑给我的。没有给乌兰牧骑做出贡献，我是不满足的。"

"观众一高兴、一乐，我就兴奋了，那种满足感可不是别的能带来的。"

在这些质朴却坚定的话语里，我们不难分享到属于一个乌兰牧骑人的幸福，还可以寻觅到的是，他对自己从事这份事业有着非一般的韧性。如果能把自己的事业不只看作饭碗，而是精神的滋养与理想的哺育，该是多么幸福的事！

当然，个人的幸福还是要归属于集体的价值感。对于达楞太而言，之所以越来越自信，习近平总书记的回信无疑起到了至关重要的作用。

2018年，额济纳旗乌兰牧骑搬迁到了文体中心，有1500多平方米的使用面积，排练厅就有500平方米。流动舞台车、大巴车一应俱全，演员队伍也越来越年轻化并且朝气蓬勃，学历层次合理，不仅以本科生为主，甚至还有研究生加盟。

达楞太还觉察到，自己在乌兰牧骑更有"归属感"了。以前，乌兰牧骑队里政治学习少，从2017年后，政治建设方面加大了力量，支部班子非常健全。乌兰牧骑人更能带着责任心和使命感面对组织。

达楞太曾经在舞台上摔倒不能起舞，但他并没有被现实击垮而是重新开掘自己新的精神样态。同样，他总在用他的坚强掩盖他很多的艰难。像他这样坚守在额济纳旗的文艺工作者有不少。可以负责任地说，没有一点对事业的执念，他们是无论如何无法坚持下来的。

额济纳只是内蒙古边陲的一个小旗县。离额济纳旗最近的城市是甘肃省酒泉市，然而额济纳到酒泉市也得近400公里。由于远离城市，额济纳的生活成本就变得很高。同时，额济纳的自然环境也并不宜居。冬天干冷，夏天酷热，零上40℃的天气并不少见。然而无论干冷还是酷热，都阻挡不了乌兰牧骑人演出的步伐。待了十几年的老舞蹈演员到了非走不可的时候却不愿离开舞台，不得不离开的时候大家伙都是哭成一团……

不必把乌兰牧骑人当成神话人物，他们只是平凡而普通的一群人，他们也是在人民中汲取养分，然后慢慢变得坚强。额济纳有512公里的边境线，8个连队。额济纳旗靠近新疆那边的连队叫清河口。每次去部队演出，队员们感触都特别深。开往清河口，一路上全是戈壁滩的土路。每次演出也就只有十几个士兵观众，但每个人都看得特别认真。他们分外珍惜以文艺之名相聚的乐趣。演出结束后，他们眼里含着滚烫的泪水，就像他们的拳拳报国之心一样炽热。他们看的不只是节目，而是来自乌兰牧骑的关怀和温暖。

士兵们保卫国土，乌兰牧骑人就保卫着观众的期待和信任。他们有时去农牧区演出也颇有士兵的精神和态度：最远的嘎查离额济纳旗旗政府所在地达来呼布镇有300多公里，有的苏木每户之间就相距三四十公里。去了牧民家，他们还要开展帮扶工作，帮牧民劈劈柴、喂喂马。他们的车上什么时候都会备上米面，碰上特别困难的人家，就把东西留给困难户。每到剪羊毛的季节，达楞太就带领队员们给嘎查长打电话，问问有没有贫困户，有的话就去这家帮着剪羊毛。额济纳旗乌兰牧骑的队员60%都来自农牧区，能干这个活。即便不会干的队员，也会自发学习，直到把自己变成行家里手。

当你把绿荫让给别人的时候，其他人也可能正在为你撑伞。达楞太说，有一次，他们的大巴车轮胎烂了，四处荒无人烟。演员们有点慌，大家就分几组开始步行寻找人家帮忙修车，其中一队人马看到似乎不远处有人家。大漠天高地阔，能见度过高，但为了这个"看到"，他们整整又走了2个小时。到了牧民家里，牧民特别热情地招待了他们。此时的一碗奶茶，的确比黄金万两更金贵。在牧民的帮助下，大家一起把车修好了，然后，继续赶路。

达楞太说："我没上过大学，所以也没有太多的同学。我和队员们在一起的时候，就感觉和家人一样。"

每年，额济纳旗乌兰牧骑都会从刚毕业的初中生中挑选舞蹈演员。看中了哪个演员，他们就和家长谈心，把演员挖到队伍里培养。

额济纳旗乌兰牧骑，是内蒙古最西边的乌兰牧骑，它坚守住了内蒙古浪漫的边界。

达楞太和他的额济纳旗乌兰牧骑有时下乡演出时，路途过于遥远，往往就找不到合适的地方居住，因此，队员们养成了自带帐篷的习惯，在村民、牧民的住处附近扎营。

这些家人们，会不会在疲惫的时候，一起数星星呢？

蓝色的幕布，金色的舞台

鄢冬

2020年7月12日，载着科右前旗乌兰牧骑的大巴车驶进乌兰毛都景区的一个度假村，开展文化惠民活动。到达景区的时间是上午11点10分，演出于11点50分开始。当时，太阳和观众一样热情，马匹和草原同样默默地注视着这些陌生又熟悉的客人。

对旅游者而言，这是一次别开生面的演出。这些"大明星们"几乎在半小时内，完成换装、搭舞台和化妆等工作。

所谓的换装，不过是将随身携带的演出服在大巴车上快速穿戴整齐。在这之前，它们都被郑重地挂在衣服架上。

所谓的舞台，不过是在一块平整的土地上，铺上几条红毯，然后再用胶带把红毯粘合起来。此处的红毯，不是电影节明星的秀场，也不是通向某颁奖典礼的成功之路，而只是舞台的具体化表达，或是一种隐喻，告诉观众：这里，乌兰牧骑来了。

赵晓东毕业于吉林艺术学院，岁月并没有在他的脸上留下痕迹，40岁的他看起来依然精神饱满、潇洒帅气。他原本是个北漂，在酒吧当驻场歌手多年。2008年，他选择回到了自己的家乡科右前旗，进入乌兰牧骑队伍，成为一名普通的声乐演员，一名乌兰牧骑队伍里的灵魂歌者。

回来，就是为了更好地出发。

这里的演出正酣，呼麦、顶碗舞、民族舞和现代舞纷纷登场。赵晓东携着搭档，一身白色西装款款登场。在乌兰毛都绿色的怀抱中，赵晓东多像与自然对话的王子。《中国美》这首歌，耳熟能详，但经过他和女伴演绎后，苍天厚土都跟着回荡。观众席里，有苍髯皓首的老人，有黄发垂髫的小儿，有全程撑着伞站立的游客，还有坐在草地上的行人。几位老奶奶看起来近70岁了，操作起智能手机却并不陌生。她们一边拍着照片一边连声赞叹，看待赵晓东，就像看待一个既熟悉又陌生的儿子。

赵晓东向搭档丢了眼色，两个人就走到了观众席。他也许感受到了这些老奶奶眼中的温情，他挨个握手示意。

无论是他迷人的微笑，还是眉眼留出的几分英气，以及潇洒自如的台风，都与他扎实的唱功相辅相成。

再看这些演员们，一身本领。那个唱呼麦的大哥，一会儿就是舞蹈队中身轻如燕的少年；那个跳顶碗舞的姑娘，一会儿又在舞台上唱着优美动听的歌曲。

人民需要啥，他们就演啥，人民喜欢看啥，他们就努力做啥。

没有演出补贴，却比商演更有热情。

每一次演出前、演出中和演出后，都有无数的百姓参与进他们的队伍中。他们与观众的互动，并不刻意，而是水乳交融、水到渠成。一个3岁的娃娃，把乌兰牧骑队员的顶碗放在沙地上，来装一个个的土块，他看起来如此认真。在他的内心深处，并没有任何不敬之意，只是以实用主义的眼光看待这些好玩的碗。一个6岁的娃娃，身挎家人给他戴上的非物质文化遗产继承人的绶带。演出一开始，他就立刻紧张地坐在第一排的小凳子上，无意中还占了个观众席的中心的位置。随着节奏，他的眼睛也就跟着眨呀眨，后来干脆被一个歌手领上了舞台一起唱歌。到了压轴的节目，所有乌兰牧骑队员分散在观众席，带着观众们一起唱着跳着扭着，这一刻，再也没有彼此的界限了。

这时，我突然理解了赵晓东的话。

什么是演员的尊严？不是追求神秘的距离感，而是从群众中提炼信任，然后真正感觉到被群众所需要；不是讲求奢华的排场、庞大的粉丝群，而是让最普通的群众心生暖意，给他们送去最急需的艺术营养。

没有所谓最合适的演出时间，什么时候有观众、有任务，什么时候就有演出；没有所谓最合适的演出距离，兴安盟沃野千里，到处都是他们的足迹；甚至没有精美的手捧花，草原上的野花扎一束，用草缠起来，就是观众给歌手最好的礼物。

一个小时的演出，紧凑但精细，回味无穷。自始至终，一百多名群众顶着毒太阳兴趣盎然。在同一时间，一定有不同的乌兰牧骑队员在做着同样的事，或者准备做同样的事。他们或在农村，或在牧区，总之，他们总是能找到与老百姓步调一致的方式，用艺术去和他们交心。乌兰牧骑就是以天为幕布，以地为舞台的文艺轻骑兵。

舞蹈之魂

王海霞

过去，内蒙古农牧地区缺少精神大餐，只有乌兰牧骑的演出是群众难得的文娱活动。作为舞者，许多乌兰牧骑舞蹈演员最初的艺术启蒙也来自乌兰牧骑。

舞蹈演员布仁清和乐回想学艺经历时说道："我学舞蹈的那个时候，舞蹈班很少，我就去乌兰牧骑参加培训，渐渐地我掌握了舞蹈的律动。"

农牧区当时艺术教育匮乏，乌兰牧骑便会组织一些短期舞蹈培训班，一期时长一个月左右，学员主要是来自农牧区的孩子，有专门的老师给这些孩子上课。学习过程中，艺术的种子悄悄在孩子们身上萌芽，他们中有些人后来就变成了文艺工作者。通过多年的积淀，舞蹈在乌兰牧骑一代代教下来、传下去，文艺的种子也在农牧区生根发芽。

舞蹈是一门高雅的艺术，是身体美学的巅峰。舞蹈也是一门苦艺术，要经过数不清的疼痛和坚忍才能成为一名舞者。执着与坚守成了舞者们纳入灵魂和血液的精神。台上一分钟，台下十年功，对于舞蹈演员来说，演出的每一个美妙动作都是他们舞台下重复了无数次的成果。日复一日的练习中伤痛是家常便饭。在达茂旗乌兰牧骑，我见到了布仁清和乐腿上的瘢痕，那大大小小深深浅浅的印记，是仅从视觉上就能感受到的疼……

布仁清和乐谈及他的伤却是轻描淡写。他已经从事乌兰牧骑20多年了。他说在他亲历的乌兰牧骑的艰苦岁月里，这点伤不算什么。他初到乌兰牧骑时，队里条件差到连一个像样的排练厅都没有，只能用四五厘米宽的木头勉强拼出个地面来，拼得高低不平，在上面跳着跳着，时间长了木头又要翘起来。他们穿着单薄的练功裤和练功鞋，很容易就弄坏了裤子和鞋。练功鞋当时也是件稀罕东西，要隔很长时间才能发一次，坏了以后只能自己缝缝补补继续穿。

那时的演员们，在练习过程中要忍耐最艰苦的磨炼。

那时乌兰牧骑的舞台也不够"光鲜"。让布仁清和乐至今都印象深刻的是，物质条件差的时候和同伴们下乡演出，他们为了方便拉道具，只能开一辆敞篷带斗的车赶路。一路上风呼呼地吹着，大家就那样顶着风走，脸都被吹得黝黑。到了目的地以后装台，设备非常简陋，两块几平方米的地毯往地上一铺就是舞台，再放两个照明的灯（因为那时候演出都安排在晚上），然后把话筒音响之类的电线连接好，等到天色一暗就开始演出。他们的节目以歌舞居多，布仁清和乐一场演出要跳好几个舞，需要换几套服装。乡下的蚊子特别多，换装间隙成群的蚊子把他和其他舞蹈演员叮得浑身是包。农牧区独特的环境给演出带来各种各样的不便，却没什么解决办法。

布仁清和乐说："有的时候我们就在敖包边上演出，地上会有一些挺大的石子儿，有的没法清理，有的舞蹈有跪着跳的动作，我的膝盖受过不少伤，甚至流着血还得演出。不光我一个人这样，我的队友，他跳着舞，脸上在笑着，但观众看到他穿的白袍裤已经被血染成红色的了。观众们的眼泪都快要流下来了，大家为他鼓掌，掌声一直不断地响。"

是怎样的精神支撑着他们，忍受环境的艰苦，承受身体的伤痛不退缩，完美呈现每一场演出？

大概就是舞者的精神吧。

随着社会发展，整体经济水平进步，近几年乌兰牧骑的物质条件已经改善，在练习和演出上没有以前那么困难了，精神上也受到极大鼓舞。特别是收到习近平总书记的回信后，许多乌兰牧骑队员都说，他们感到自己做的事情很光荣，觉得以前吃过的苦都是值得的。

然而，即使生活有了日新月异的变化，乌兰牧骑人也始终把基层群众的审美需求放在心上，不断与时俱进，他们的艺术也呈现出一种永不衰落的发展势头。2000年左右，乌兰牧骑的舞蹈编创开始起步，不需要再从外边聘请人来做编创工作。他们不断更新节目，从未停止与时俱进的脚步，比如布仁清和乐所在的队伍，最近正在抖音等热门平台发布舞蹈表演视频来做宣传。同时，他们仍坚守着自己的艺术态度。在当下网络娱乐的强烈冲击下，他们既不愿掉队也不愿模仿别人的内容，而是努力探索属于自己的道路，创作和表演接地气的、受群众欢迎的舞蹈作品。各地的乌兰牧骑还时常参加一些艺术节、比赛之类的活动，同众多文艺工作者们相互切磋学习，以提升自己的艺术水平，带给观众更精彩的舞蹈节目，将他们的舞者之魂留在每一片抛洒过汗水的舞台大地。

如果说每一个不曾起舞的日子，都是对生命的辜负，那么乌兰牧骑的舞者们不负生命，亦不负使命。

唱一首父亲的散文诗

鄢冬

在莫力达瓦达斡尔族自治旗的田野上，杨阿爽是一抹不太起眼的绿色。

莫旗，因为拥有广袤的景观植被而显得格外别致。坐在开往莫旗的汽车上，你的视线不敢向外延展，因为所到之处都不停地在诱惑你：停下来吧，看看我。或是山坡上无名的野花与青草的狂舞，或是清澈的水湾映出的钻石之光，或是旷野中一眼万年的呼唤，那回荡在空气里的是温热也是澄静。

是这方水土，养育了十几万的达斡尔族人民。皮肤的黝黑是杨阿爽和这片土地共振的结果，但神情专注的他却总能在表达时泛起满足的微笑。和很多本土乌兰牧骑队员相似的是，他也是初中毕业之后就来队里了，这一来就是24年。一个少年是怎么穿越时间的甬道款款而来的？

因为他的父亲。

杨阿爽说起他的父亲时，依然保有一个男孩天生的敬畏和羞涩。其实，说起父亲时，很多儿子都觉得无辜又忐忑。当父亲像一本书打开在我们面前，儿子总会习惯性地沉默且不敢直视，生怕被父亲看穿了眼神中的懦弱。杨阿爽的父亲，曾经也是莫旗乌兰牧骑的一员。那时，年轻的父亲是一名小学老师，在音乐上颇有天赋，于是被借调到乌兰牧骑。杨阿爽多次听父亲提起，在乌兰牧骑的日子，是他父亲最快乐最惬意的日子。然而，在杨阿爽爷爷强力的阻挠之下，一年左右的乌兰牧骑之行不得不戛然而止，他的父亲也重新回到了学校。

在学校里，杨阿爽的父亲不仅教美术、音乐、语文和数学，也教其他科目。基层教育工作者和乌兰牧骑队员一样，在需要的时候就得挺身而出，同样多点开花，"一专多能"。从离开乌兰牧骑那天起，父亲对乌兰牧骑事业的眷恋不是随着岁月的推移而冲淡，而是越来越深重。

1996年，初中毕业的杨阿爽看到了莫旗乌兰牧骑招收学员的通知。他并不知道乌兰牧骑是什么，但这个消息却让他的父亲重新激动起来。他的父亲告诉他，乌兰牧骑，就是一面红色的旗帜，是奔腾在草原上的轻骑兵，是行走在村庄里的鼓手。

杨阿爽带着懵懂的心和父亲遗传给他的艺术细胞走进了乌兰牧骑。当然，还有父亲的期望，以及完成父亲错过的事业的决心。

杨阿爽和父亲，是中国式父子的缩影。他们总是默默地对望着，但彼此又都那么关注着对方。父亲经常去看杨阿爽的演出，当儿子最忠实的观众，并且经常给他提意见："你有个动作是不是有点太过了？你在表达的时候，眼神是不是可不可以再到位一些？"

然而，杨阿爽还没听够父亲的教诲，父亲却先走了。2015年，杨阿爽的父亲因胃癌而仓促离世，仓促到没有给儿子足够的时间去消化和接受。

医生会诊后告诉杨阿爽，他的父亲是胃癌晚期，癌细胞已经转移了。

杨阿爽和父亲都沉默了，这一次的沉默比以往任何一次都长且充满几分无奈。

对着山水田园交汇的世界，似乎愉悦总是会多一些，痛苦总是会少一点，但有些悲伤却迟迟化解不开。父亲走后，杨阿爽有时说不清楚，自己到底在坚持什么，但确实一直在坚持着什么。父亲的缺位带给儿子的不仅是失去，还意味着内心最坚固的一尊偶像开始了远行，同时意味着，尽管精神的接力棒已经在杨阿爽手里攥得很紧，但从此以后，他也得一个人上路了。

像电影《那山，那人，那狗》里，那个最终蹒跚在山路上替父亲送邮件的儿子，杨阿爽也得扛起所有的嘱托独自起舞了。

我相信，他的舞蹈，一定糅合了生命的厚重，因为他用舞蹈，给父亲写了数行的散文诗。

"金童玉女"的传说

鄢冬

包头市九原区乌兰牧骑，有一对"金童玉女"。

他们不是情侣，他们也不是明星，"金童"已经36岁了，"玉女"也31岁了。

他们被称为"金童玉女"的理由是："金童"是演戏达人，"玉女"是跳舞能手，更为重要的是，他们不在编制中，却仍然和其他人一样爱着心中的艺术。

张东，大家都叫他东子。1984年生于土默特左旗。小学毕业之后，他就没有再读书了。36岁的张东面对小学生张东，已经脱离了亏欠和遗憾，他以成熟男性的坚韧搭起了一座自信的桥梁。张东黝黑黝黑的，脸上刻着一种踏实、淳朴，但眼神中闪烁的光芒，让人想到的是舞台的追光灯，以及在众星捧月之下，一个演员的激情与辉煌。

张东小学毕业后就跟着老艺人学二人台，那时一个月的学费也就100多块钱。他跟着师傅"上山"学艺，"下山"后继续在实践中摸索和成长。现在看起来，这是他命运中最划算的买卖。2006年，他代表托克托县参加内蒙古二人台比赛，被多支乌兰牧骑队伍看中，最终他选择了包头市九原区乌兰牧骑。

这一来，就是14年。

25岁之前，人人都是诗人。东子的25岁，也站上了舞台的高点来致谢生活。

2009年，在厦门举办的全国优秀剧目展演中，张东参演的《西口好人》获得全国优秀剧目奖，而这个剧组中的领衔大咖，正是二人台领域的巨擘——武利平先生。张东在剧中演了一个憨厚可爱、古道热肠的农村小后生，其实是本色出演。演了十几年的戏，张东也越来越明白，演戏，其实就是演自己。最高超的演技，也不过是"自圆其说"。

张东崭露头角了，他以出色的表演回馈了九原区乌兰牧骑当时的慧眼识珠。

张东当了十几年的临时工。他的妻子身体不好，因此全职在家照顾孩子。他，就成为一家人的顶梁柱。辛苦是自然的，但凭借自己过硬的专业技能，他成为九原区乌兰牧骑的台柱子。

为什么不走呢？以张东的水平，广阔天地大有作为。的确，多支乌兰牧骑没有停下挖角的步伐，但他都没有答应。为了面包和牛奶，张东应该出走。没有一个演员应该饿着肚子讴歌生活。但他的坚守，也是出于一个父亲的使命：张东的孩子在九原区不错的小学读书。在妻子的指导下，他的孩子名列前茅。张东再苦再累，也不想丢下作为父亲的责任。于是，他决定继续搏一搏。

张东是草根明星，他的水平又不只限于草根群体。曾经，有戏剧专家主动邀请他上中国戏曲学院读书，并且还给他免学费，但他下不来这个决心，不想把妻子和孩子抛下。当然，潜台词是：不想让家里失去唯一的劳动力。

李雪，一个很敦实的舞蹈妹子。你看她，茁壮且健康的生长状态。也许正因为有强壮的身板，才能扛下本不属于这个年龄应该承受的重压。

李雪是巴盟艺校毕业的，20岁时就来到九原区乌兰牧骑了。第一次下乡时，她和几个舞蹈队员挤在农村一间长期没人住的房间。她们不会生火，只能共同盖一床夏凉被，寒风刺骨，感觉快冻得灵魂出窍。年轻的她，就只能躲在被窝里哭鼻子。

10年后，她会怀念那个哭鼻子的20岁吗？

对于一个舞蹈演员而言，每一次在舞台上绽放自己的风采，每一次将身体舒张并合拢都似乎在和未来的命运对话。然而，对于李雪来说，每一次都要在孩子的哭声中跳完一支舞，那又是怎样苦楚的经历？

小孩一岁以后，就只能靠她和丈夫带着了。他们俩就达成一个庄重的协定：我上台，你看娃；你上台，我看娃。但很多时候，他们都得在台上演出。于是他们就委托老队员帮着看一下：这真是乌兰牧骑的孩子，而这样的孩子有很多。

在孩子的眼睛里，不陪伴是一种罪过。李雪几乎戴着镣铐起舞。她舞台上动人的舞姿背后，隐藏着多少沉重的叹息？看着又哭又闹的孩子，跳着跳着，她就流下泪来。

即便辛苦，李雪依然笑出了一道风景。她说，怀孕4个月的时候还在舞台上大跳，看来这孩子注定就是要长在舞台上。

李雪的丈夫，瘦高的大帅哥，俊朗的脸庞下面，已经铸成了一个男人的钢铁臂膀。他们是真正的金童玉女。在两个看起来如此整洁的年轻人背后，是在舞台边共同抚养孩子的厚实过去。李雪还会不会哭鼻子？也许很难了。

张东的妻子曾经是他的粉丝，爱听他的戏，所以就爱上他这个人。戏好，人一定好，这是他妻子朴拙的认知，在数年之后必将越来越真切。张东没钱给孩子请家教，所以让妻子全职当家教。该有的嫉妒和警惕，他妻子都有，特别是在张东每一次下乡前越加明显。张东对妻子说："不用担心，你就是我唯一的粉丝。"

李雪的丈夫，一定会在照顾孩子之余，帮她指导舞蹈脚步和节奏。张东的妻子，也在无数个寂静的夜晚，帮他对词，替他导着各种戏剧。

电焊工和农民的那片海

鄢冬

在突泉县乌兰牧骑，有许多有趣的人物。而两个姓李的演员，他们的人生可谓如戏如梦。

李迎辉，演员组组长，浓眉大眼和五大三粗的外貌掩盖了更多内容，深入了解之后才知道他的内心有多细腻。2000 年，他在长春上的职业中专，学的是钣金焊接专业。毕业后他被分配到了长春一汽工作，干了近 2 年。2004 年，突泉县乌兰牧骑招人，他在他姨父——一个老乌兰牧骑队员的——"怂恿"下做出了一个大胆的决定：他决定放弃稳定且高薪的工作，只是出于纯粹的兴趣加入乌兰牧骑队伍。考试之前，他也只是练了一个多月的唱段、小节目，最终美梦成真。2005 年 6 月，刚到乌兰牧骑的他还只是个临时工，每个月开 500 块钱工资；8 年过后，他每个月也不过只能拿到 900 块钱。然而，电焊工李迎辉在长春时，已经可以拿到七八千的工资了。有钱难买心头好，这就是最有力的诠释。来到突泉县乌兰牧骑的第九个年头，李迎辉有了差额编制，终于能拿到2000多块钱，可以自给自足了。其实不必担心，李迎辉的精神世界，早就被艺术事业填满，早就心满意足了。

他没有上过戏曲专业课，但他利用一切机会向网络、向前辈、向同事学习，他如此拼命地汲取，像一块被时光暴晒的海绵突然迎来了倾盆暴雨，他的动力其实也如此纯粹——出于爱好。

2020年7月14日11点，突泉县乌兰牧骑来到突泉县合发村，给当地百姓奉献了一部精彩的演出。酷热的天气没有让这群文艺人低头，他们一如既往地把大巴车下面的阴凉留给了百姓，自己顶着烈日演出。李迎辉男扮女装，演出的拉场戏《迷途知返》全场爆红。他似乎就是舞台的精灵，上了舞台，就焕发出耀眼的光芒。这是突泉县乌兰牧骑的原创作品，以吉林流窜的邪教"蒙头教"事迹为创作蓝本，塑造了一个家庭妇女如何从信教，并试图发展女儿女婿为会员，最终被女儿女婿说服，改邪归正的故事。虎背熊腰的李迎辉，上了台简直轻巧如燕，时而揶揄打趣，时而妙语连珠，时而戏腔清扬。正是由于他的存在，整台戏有了灵魂。这也对得起他的专业，他几乎是用全身力气，对这台戏进行着"钣金焊接"。

李林林，一个普通农民家庭养育的好小伙。中学时，就是文艺发烧友，毕业后就待业了。出于单纯的爱好，他常年蹲在突泉县乌兰牧骑，每年不定时参加一些演出，有时也会陷入长期的自我怀疑。2013年之前，他的状态是"招之即来挥之即去"。有一次，乌兰牧骑有个演出，可以给他500块钱的演出费，这对于待业在家没有收入的他，无异于一笔巨款。然而，他在突泉县晃荡了一天，愣是没敢踏进乌兰牧骑的大门。原因在于，他家在乡下，如果参加演出，就得有一周多的合练时间，需要在突泉县县城租房子住。用这500块钱租房子，再加上其他的花销，这钱也就所剩无几。然而，他实在又放不下登台的机会。

就这样，一天过去了，他没有吃饭，他也不知道自己该如何抉择。一脚刹车，停到了没有红绿灯的路口，他都不知道自己该向左还是向右。想了半天，他索性一脚油门，准备彻底离开。

但他又觉得，如果这时候离开了，也就彻底向现实妥协，也就彻底断绝了他的艺术之路。命运终不负他。正在这时，乌兰牧骑的一位领导打来电话询问他的情况，知晓了他的困难后，招呼他来家里吃住，给他解决了这个"大麻烦"。

天下乌兰牧骑果然是一家。

李林林觉得自己应该更争气。他凭借自己的毅力，一次次重整旗鼓，考了四五次之后终于考进了乌兰牧骑。自此以后，李林林对这份来之不易的事业倍感珍惜。有一次，他在演一个醉汉时，抬腿一踢就踢到了桌腿，当时都以为钻心的痛刺上心头。李林林在舞台上"哎哟"了一声，大家都以为这是醉汉演出来的疼痛。李林林在舞台上歪歪扭扭地晃了几圈，大家真觉得林林演得好，喝醉了酒不就是这个样子吗？

李林林硬是忍着剧痛，把这个节目坚持下来，下场后一脱鞋，发现脚趾头已血肉模糊，整块脚趾盖几乎掉了。李林林说，当时绝不能退，退了，作为演员的自信就没了。演员在台上，不就是为了观众喊个好吗？

李迎辉的姨父就是突泉县乌兰牧骑的老队员。他从队里光荣退休，几十年对艺术的坚守和沉甸甸的事业感深刻感染着李迎辉。因此，李迎辉从一名待遇优厚的电焊工转变为一位自得其乐的乌兰牧骑队员，姨父的影响功不可没。李林林更有一位"戏精"母亲。他母亲是突泉县众多农村妇女中的一员，但董队长发现了他母亲的演戏天分，于是就拉着她一起演小品。有一次，他们去呼市、阿尔山等地参加会演，一演就是一周多。然而，让李林林和董队长内疚的实情是：他母亲这一周刚好经历着肾结石的折磨。已经做过多次碎石手术的她，结石复发，但又不想让别人看出端倪从而影响整个团队的状态，于是每天吃止痛药度日，只是为了以最好的状态呈现在舞台上。李林林身上的这股"倔强"，就是母亲传递给他的。

这些演员是可敬的。他们就是从生活中来，又势必将回到尘土扑面的生活中去。他们真正完成了"真听真看真感觉"的训诫。突泉县乌兰牧骑，人人都是戏痴。严肃的书记，下一秒就是老来俏的丈母娘。穿着便服的姑娘们，一上台就是舒展的、奔放的绸缎长卷，向着观众不紧不慢地展开。

乌兰牧骑是老百姓的队伍，他们就像当年的红军一样，无论走到哪儿，都可以收获来自群众真心的拥护甚至参与。这支队伍算上聘用人员只有23人，因此每个人都需要更加刻苦、更加积极，才能完成一个又一个艰难的任务。更为重要的是，这支队伍有着超乎寻常的凝聚力。一个小品，大家在群里接龙攒段子。你掐我我掐你，一台小戏，就成了。每个队员都不是变形金刚，但只要组织需要，他们就会结成超人联盟。在他们的带动和感染下，突泉，这个曾经出了名的贫困县焕发出了不一样的生机。队伍走到哪儿，哪儿就有志愿者，甚至有常年跟组的志愿者。他们分文不取，就想进这个环境体验体验，过过戏瘾，享受一下在别的地方无法取得的光荣。

当然，他们更需要平台。乌兰牧骑是轻骑兵，因此不擅长排大戏，而且一旦投入在大戏的准备中，基层乌兰牧骑的精力就会被大量侵占。乌兰牧骑的专长在于小戏小品，而小戏小品同样需要展示的平台，需要经费的支持。乌兰牧骑不缺乏演员、好导演和好本子。这些高质量的小戏小品，将第一时间传递党的声音，像清澈的溪水，真正沁入老百姓的心脾，并在他们中间撑起绿荫，从而代代相传。

电焊工李迎辉和农民李林林，正在靠着海，哼着歌，唱着戏，扭着腰，饮着生命的春天。

金梅与咖啡店的故事

鄢冬

在自己家的咖啡店里，董金梅终于释放了她全部的能量，洪荒之力倾泻而出：她的苦乐哀愁，她的潇洒豁达，她的乐观浪漫，她的元气满满。

在突泉县县城里，能有一个安静而优雅的咖啡店，是一种沉甸甸的收获。董金梅招待我坐下。两杯菠萝百香果、一盘炸大肠和一盘小菜，足以让两人放松下来，尽享时光弹奏出的慢舞曲。

据说，这盘炸大肠是网红产品。猪大肠是俗物，文雅之士蹙眉，但好食之客却趋之若鹜。大肠有各种吃法，东北人喜欢熘炒大肠；四川人喜欢干锅肥肠或者冰糖肥肠；对食材自信的，则只是清蒸或水煮，用蒜酱蘸食即可。董金梅店里的炸大肠，是卤制之后又过油的产物，既有植物油和肠油握手之后的默契，又有外酥内软的口感；同时，大肠和卤料之间在加热后又催生更多的美味感觉。

这间咖啡店对董金梅而言意义非凡，因为它是董金梅的父母奋斗一生为她和妹妹留下的家业，也是董金梅的心灵栖息之所。她和妹妹经营这家店，并没有想着能挣多少钱，只是想着在她劳累之余，能有这个好地方，让她稍微出出神，然后找回失散的"缪斯"们。

突泉县乌兰牧骑队长董金梅，有一副铁胳膊和金嗓子，在文化、经济并不算发达的县城里，她和她的乌兰牧骑就是一支怒放的梅花。

她总是有很多语不惊人死不休的金句。这些句子随便摘录，就成了小品台词。

突泉县乌兰牧骑的情况有些特殊，他们正式职工只有23人，其中有3人是聘用人员。虽然正在积极地引进人才，但这种兵少将寡的局面也支撑了好几年。每一次演出，他们从没有因为人数少而拒绝复杂的演出形式。他们已经形成了一种默契。一旦有工作，大家群策群力，接力完成创作、排练、演出。另外，这支乌兰牧骑的群众基础极好，所到之处，都会有当地的志愿者提前联络，加入会演，更是有一些文艺爱好者，分文不取，一路跟随。

董金梅，一上台就有戏，一下台就努力地导着生活这场戏。

她的咖啡店就在加油站旁边。在她还是少女的时候，还没有咖啡店，于是她站在加油站和嘈杂街道的空地上轻轻一望，就看到了对面的少年。两个与车有缘的年轻人就这么相视一笑，由青梅竹马，到谈婚论嫁，再到同舟共济。

金梅开咖啡店，她老公就开了一家饭店。饭店满足人肉体的温饱，咖啡店让人精神小憩。总之，饭店拥抱着咖啡店，中间的马路就是他们牵着的红线。这是真正的"门当户对"。

金梅身材苗条，但她的精神始终是圆润和饱满的状态，她看起来似乎是个无可救药的乐观主义者，对什么事都可以看得开。忧愁更像是天上的云，只能笼罩着她却不能影响到她。

实际上，她对责任的重量估算得一清二楚。在她担任队长之前，她是一个好演员，要光鲜亮丽地出现在台上，这就是给观众最好的交代。她把最好的时间用来刻苦练功。当了队长，她就要更多地做后勤长官，更多地出现在幕后。事无巨细，每一件都扛在了她的肩膀上。因此，她就拼命增肥，让自己更踏实也更有底气地迎接各种挑战。

没有天生的强者，只有被生活教育后仍然微笑的斗士。董金梅每天晚上独自开车回家，驶入车库后，她都试图把一天的痛苦暗自消化，每次都要在里面待上半个小时。她觉得，在这一片漆黑中，对自己的审视才显得更加通透。回到家，接着眉开眼笑，接着金句连连。第二天到了舞台上，更是满血复活。

面对繁杂的工作，即便是身经百战的勇士，也难免有身心俱疲的时候。可是，当她站在村庄的空场上，即便尘土扑面，内心却阳光普照。

大爷大妈看到董金梅和她的队伍来了，亲人一样招呼着："我认识你，你又来了！"

她说得好："不是百姓需要我们，而是我们需要百姓。"

正是因为有了老百姓，有了观众的支持，她才觉得自己的存在有意义，不然，何必如此煎熬？

董金梅这句肺腑之言，超越了空洞的说教和虚假的口号，道出了艺术和百姓的关系，朴实却真挚。乌兰牧骑如果没有了百姓的支持，几乎失去了全部的"存在"。

董金梅也是百姓，一个开咖啡店的乐天派，一座乌兰牧骑队员的"加油站"。

爱的代价

鄢冬

托县乌兰牧骑的演员队队长秦文忠，永远是精神抖擞的样子。帅气的发型总会掩盖些什么，比如他的执着和坚定。秦文忠在上大学之前，没有学过一天戏，也没有练过一天嗓子。他上的是普通高中，但心中的艺术梦支撑他最终考取了内蒙古大学艺术学院。20岁的年纪才开始学唱歌跳舞，的确已经有了诸多不便。他的跟腱已经不能随意拉伸，练功有点像受刑。大学里教基本功的老师对他说，能练多少练多少吧，这么大岁数再受伤就不值当了。然而，秦文忠有一副天赐的嗓音，这也是他为数不多的依靠。他在重重压力下，没有放弃一丝丝希望。在休息时间练声，就是他刻苦把握的事业。有的演员唱高音，是硬拔上去的，因此音很高却不美，还有种刺耳之感，秦文忠的高音却似乎是长在身体里，似乎他一唱高音，他的细胞就被激活了。

2011年5月，还没有从内蒙古大学毕业的秦文忠就考取了托县乌兰牧骑，一首《走西口》丝丝入扣，高音清丽婉转，评委眼前为之一亮。那时，几乎所有人都认定，这个瘦削的小个子，就是靠嗓子吃饭的。

2013年夏天，秦文忠在几次演出中逐渐发现，自己嗓子有点问题，开始亮的几声还行，到了高音部分就不太稳定，甚至总有破音的情况。这对一个靠嗓子吃饭的演员而言，无异于一种羞辱。他焦急地去了内蒙古医科大学附属医院检查。耳鼻喉科的专家给他下了喉镜。检查后，医生告诉他，他有声带小结，小结会演变成息肉，甚至还可能癌变。对待小结，只能靠养，医生建议他静声，也许通过长期的休息会养好。这意味着在相当长的一段时间内，不要说唱歌，就连大声说话，也是医生不允许且极其奢侈的事情。即便做了小结手术，想再回到从前，也是不可能了。

秦文忠崩溃了。他就是靠嗓子吃饭的。演员队另外一个男演员是唱小旦的，他再不唱，可就真的没有男声演员了。那一瞬间，文忠告诉自己，不能接受这个结局，声音是他的财富，如果没有优美的歌喉，那他的乐趣又是什么呢？

沉默，是秦文忠之后一段时间内的关键词。其实，他即便失声了也并不代表失业，即便不当演员，在队里也一样有事做，即便不在乌兰牧骑，在托县找份工作也并不难。然而，他实在觉得遗憾，他觉得有些对不起自己这么多年的酸甜苦辣。没错，他也不过是县乌兰牧骑的一个普通队员而已，但他对自己的职业是多么知足；他唱起自己的戏时，是多么自豪。有多少瞬间，他唱着唱着就仿佛回到了他在山坡上放歌的童年。

也许，在千里之遥的莫旗乌兰牧骑舞蹈队队长刘俊涛能与秦文忠浮一大白。刘俊涛，1989年出生，2006年11月进了乌兰牧骑。因为一开始是学员身份，所以2006至2009年间没有工资。2012年，他获得了乌兰牧骑编制，此后主要以编、导、跳达斡尔族舞蹈为业。

刘俊涛从出生到现在就一直在莫旗生活、工作，虽然他上完中学后有那么一瞬间想去当兵，但命运还是召唤他来到乌兰牧骑。他是个无怨无悔、无私奉献的棒小伙，什么活都肯干，很多活都能干。

2014年，刘俊涛被抽调到自治区直属乌兰牧骑参与一场大戏的演出。然而，他坐车时却出现了意外。当疾驰的汽车从莫旗挺进海拉尔的时候，车胎却爆了，当时他就觉得颈椎一震，但乐观的他还是轻视了这点"小伤"。紧接着，他又在海拉尔机场赶飞机到了呼和浩特。然而，到了呼和浩特后发现颈椎怎么也不对劲，拍了片子后医生竟然说他的颈椎已经脱节了。当时直属乌兰牧骑的那顺团长和他说，快回家吧，这伤可不是小事。正月初八，他寸功未立从呼和浩特回家，这个年过得很不是滋味。

然而，更不是滋味的是之后7个月的养伤期。迷茫、无助裹挟着他，即便拥有敦实的身板和勇敢的心，也难以招架。

他不想因为这个病离开乌兰牧骑，尽管这群人平时看起来都是嘻嘻哈哈、大大咧咧的，但一旦有事发生，一定是拧成一股绳。他们真的是一家人！

他也不想去别的地方，因为别的工作似乎都不如跳舞那么自在、那么舒心。

刘俊涛决定带着伤继续跳舞，做出这个决定并不容易。

他一边慢慢恢复着自己的颈椎，一边也开始鼓励自己，跳起轻快的舞步。因为颈椎受伤，他在排练时候做扭头、回头的动作就得有所顾忌。但只要上了舞台，他就忘记了疼痛。演出结束后，整理服装时，这股疼劲就涌上来了。他的包是队员里面装得最满的，不仅有演出服、道具，还有一堆颈椎按摩工具。他几乎每天都在请理疗师按摩他的颈椎，按摩的费用一年就要花一万多块钱。

刘俊涛最终还是靠他的坚持赢得了继续在舞台上跳舞的尊严，也赢得了观众更多的掌声。

爱是苦的，因为它总让人陷入一种旁人不解的偏执中。但爱也是甜的，只有当事人才能体会那种超越利益羁绊的洒脱。秦文忠的担惊受怕在数天后被消除。他本来打算陪同领导去北京出差，顺便复查一下可怜的声带，但走之前又想去内蒙古医科大学附属医院再查一下，结果显示声带无异常。医生说，已经看不出有小结，只是有些红肿发炎，多喝点水就好了。医生的话仿佛一朵莲花，秦文忠在莲花的开合中仿佛重生了。他觉得浑身似乎充满了蛮劲，对着依旧深不可测的明天，他决定继续搏下去！

正是如此，已经大学毕业6年的秦文忠进入内蒙古大学文学创作研修班深造。他没有想到，远离校园这么多年后，自己还有机会以学员的身份重新住进宿舍，坐到食堂的板凳上。让他更没想到的是，就在他还重温着校园曾经的美好时，习近平总书记给乌兰牧骑回信了！

秦文忠笑着，把习近平总书记的回信读了好几遍，读完之后的感受是，他一定要写点什么，以纪念乌兰牧骑人此刻的光荣。小品《春天来了》就是这样产生的。2019年7月，在兰州"全国小戏小品展演"的100多个作品中，内蒙古只入选了5个，其中，就有这部《春天来了》，更值得秦文忠骄傲的是，它是5个入选节目中唯一的小品。

秦文忠并没有骄傲，也没有满足。他对自己的物质条件总是那么不经心不在意，但对自己的精神世界，却有着极高的要求。这一点，刘俊涛也是如此。虽然秦文忠和刘俊涛已经成了队里的"小老人"，但他们对事业依旧精益求精，依旧保持着思考、探索的激情和突破的勇气。秦文忠说，二人台应该回归传统，远离低俗。二人台应该从道白和唱腔上进行改良：道白上，应该控制土话的使用；唱腔上，也不应该求高不求美，还是应该多领会唱词内容，带着自己真实的情绪情感来歌唱。刘俊涛热爱着足下的土地，他深知把优秀的传统民俗文化传达在舞蹈里是多么必要。刘俊涛觉得，舞蹈一定要有特色，不能全是一个味道。当然，应该在创新中继承，才会让观众有看头，有想头。

有个电影叫《跳舞吧，大象》，电影讲述了一个昏迷了15年的女孩突然苏醒，但她发现十几年的卧床已经让她身材走形，臃肿不堪，不可能再回到少女时的曼妙和婀娜了。更直接的打击是，她不能再跳舞了。她想过放弃，但心里对跳舞的执念拯救了她自己的灵魂。当她带着沉重的肉身在舞台上跳舞时，所有人都看到了萦绕在她周围那些缥缈的、灵动的精灵。

秦文忠和刘俊涛，更能体会这种酸楚与满足。爱的代价嘛，拿得起，放得下，但就是不愿意放下。

现场

如何形容草原深处的苏尼特右旗呢？地广人稀不足以概括，"苍茫的漂泊"，是我能想到的一个令我满意的词汇。苏尼特右旗，锡林郭勒盟的西大门。东邻苏尼特左旗、镶黄旗，南靠乌兰察布市察哈尔右翼后旗、商都县，西接乌兰察布市的四子王旗，东北与二连浩特市接壤，北与蒙古国交界，国境线长达18.15千米。苏尼特右旗辖3个苏木3个镇。总面积2.23万平方公里，常住人口却仅为62402人。

2021年9月27日，我与几位研究生坐上绿皮车从呼和浩特行至苏尼特右旗行政中心赛罕塔拉镇。

苏尼特右旗乌兰牧骑，内蒙古的第一支乌兰牧骑，也是全国的第一支乌兰牧骑。他们是怎样凭借一辆勒勒车，把艺术之光尽情挥洒的？

他们得到回信，被鼓舞，是否感到重任在肩，踌躇满志？

这些队员们，到底有什么神通？

他们，和我眼前的他们，都应该是人生最美的年华，放肆地生长。在草原上，有美景，亦有乐事。也许，很多际遇，就像青草一样，说长就长出来了。

在路上，所以风雨兼程

鄢冬

扎那，苏尼特右旗乌兰牧骑队长兼书记，一个充满智慧的小伙子，一个敦实有力量的团队领导。

他总是冷不防在本就不热的场子里放出几个"冷幽默"，有时让人觉得猝不及防。

"队长，我加你微信，以后有事再请教你。"

"啊，我不随意加别人微信的。"

"队长，我们和你拍个照，留个纪念吧。"

"啊，我这人一般也不和别人拍照。"

他说完两句冷场的话之后，也会配上几声干笑，然后解释说："开玩笑，开玩笑。"

我慢慢接受了他的风格，听他娓娓道来，听着听着，就忘了自己到底是来采访他，还是加入这支队伍，成了一名新兵。

在苏尼特右旗行政中心——赛罕塔拉镇，常住人口只有几万人。在这个不大的地方，步行是接近它最好的方式。走累了，就找一家糅杂了蒙餐、西北菜和农村小炒的店里，来一盘农村大烩菜，足够满足四五个人饥饿的胃对美食的想象。

没来这儿之前，我们一行人对苏尼特右旗的想象，都停留在"苏尼特羊肉"上。呼和浩特大街小巷都有"苏尼特牛羊肉"的售卖招牌。不仅如此，只要你走进一家大型的火锅店，随便询问店员，这羊肉哪儿的。80%的答案可能都是，苏尼特的。这里的羊最鲜美，因为它们可以一出生就在草浪中打滚。

如果说海洋可以看到海岸线，草原就能欣赏到同样浩瀚无边的天际线。苏尼特右旗是锡林郭勒盟靠南的一个旗县，从这个旗县再往北、往东，就可以向更壮阔的草原行进，而且越走越敞亮、越走越轻松。什么叫"芳草碧连天"，就是沉浸在大草原中，时间久了，就忘了哪里是天，哪里是草。

苏尼特右旗乌兰牧骑规模很小，但有自己发展的特色，器乐和声乐比较强。扎那是2021年5月当的苏尼特右旗乌兰牧骑队长，之前做了5年的副队长。也就是说，他不仅是习近平总书记回信后乌兰牧骑发展的见证者，也是掌舵者。

回信之后，全区甚至全国人民都对乌兰牧骑产生了极大的关注。扎那身上的担子不轻，无论做什么事，都可能成为焦点。作为被回信的乌兰牧骑，他们必须扛起这面旗帜，一往无前。

扎那坦言，现在最大的困难就是创作什么样的作品，而创作的瓶颈就在于大时代背景下不同代际观众和队员之间价值观的冲突。尽管乌兰牧骑政治功能很多，但表达手段应该是多样的。乌兰牧骑是文艺宣传队，因此要通过文艺节目去感染别人从而达到寓教于乐的目的。以前，乌兰牧骑没有那么多经费，硬件设施要差一些，但那时候没有网络文化对他们的挑战，出节目相对容易，观众认同度也比较高。2017年以后，扎那从一个基层工作者的角度见证了乌兰牧骑的发展，从一个老百姓的角度了解了国家的变化。扎那清楚地记得，以前在北京专业录音棚里见过人家专业的话筒，一个就要3万块钱，那是他碰都不敢碰的神圣之物。现在可不同了，办公室、录音棚、排练厅里面的硬件，应有尽有，3万块的话筒也不是什么稀罕物了。然而，正因为如此，扎那和他身后的乌兰牧骑更觉得压力大，如何满足观众，如何及时了解受众的需求，从而真正回馈人民的厚爱，成了让他蹙眉的问题。

　　该怎么解决这些问题呢？时代飞速发展着，群众的选择越来越多样化了，队员们需要从舞台上走下来，主动融进群众中去，倾听他们的声音然后再调制可口的精神食粮。因此，缩短舞台上和舞台下之间的距离势在必行。怎么做呢？靠走访，靠调查。苏尼特右旗每个苏木都有业余乌兰牧骑，隶属于当地文化站管辖。他们这些队员本身就是当地牧民、农民。闲时，扎那就带着乌兰牧骑队员们主动给他们提供辅导，其实也是"偷师"：了解他们会唱什么歌，爱跳什么舞，自然就知道了节目形式该如何设计。他和队员们还制作了许多调查问卷，每次演出间歇都会给观众们发放。他常说的一句话是，不要从主观上觉得自己的作品行，要尽可能倾听别人喜欢听什么。

当然，创新的同时，更不能忘了守住传统。副队长呼斯楞是队伍里的一员老兵了，他经历比较特殊。他曾经参加过《星光大道》，还获得过周冠军，即便曾经有过星光熠熠的时刻，也没有浮躁，仍旧保持审慎的判断。他认为，把传统的节目进行再加工，然后传承下去，其实就是另一种时髦。所以，只要用心钻研、刻苦练习，根本不愁老百姓不爱看。

乌兰牧骑是党的文艺宣传队，所以不只是一个业务单位，还有党建的任务和要求。收到回信以后，乌兰牧骑的党建工作越来越细化，对于演出任务繁重的业务型单位而言，自然是不小的挑战。然而，很多乌兰牧骑书记的思路也是极为明确的，那就是，把党建工作牢固地和业务发展捆在一起，让队员们在业务发展的同时真正投入在党建工作中。坚决不能太枯燥，也不走形式主义的路，让乌兰牧骑的党员们主动去迎接时代的挑战。结合乌兰牧骑的性质和特色，党员带头来做宣传文案，制作网络展播节目，充分在线上向人民群众输出艺术的能量。

实际上，党建工作既是任务传递，也是使命担当，但更重要的是，这背后渗透着党和国家对乌兰牧骑的期望和厚爱。之所以如此期望、厚爱，是因为乌兰牧骑就应该是人民的乌兰牧骑，只有俯下身回到人民中间，才能获得持续不断的源泉。

有一次，副队长呼斯楞带着队员去养老院慰问演出，他们看到，老人们的住宿条件都非常好，但略显孤独。演员们献上了精心准备的节目之后，又帮老人们干了些活。到了话别的时候，呼斯楞又回了回头，看见老人们并排站立着，眼里还透着热泪，巴巴地盼着他们能多留一会儿。他刹那间读懂老人眼神中的空虚感。心里五味杂陈的他，既能感受到被需要的满足，也能感觉到老人无法弥补的遗憾。对乌兰牧骑队员而言，入户演出是非常常见的一种慰问形式，可是，他们越来越感觉到，观众给的这份爱太厚重了！入户的人家，多是贫困、残疾或是空巢老人，他们多期待身边能有人气、人味和人情，他们多希望乌兰牧骑就是幸运天使，常伴他们左右。

不必担心，回信的光芒并不会让这支有六十几年生命的老牌轻骑兵轻慢起来，恰恰相反，他们更为笃实地确认着自己的使命，更加谨慎地前行，他们力争把各项工作都做到妥帖。因为一直被寄托，所以"位卑未敢忘忧国"。在路上，注定一蓑烟雨，但乌兰牧骑会永远向前。

乌兰牧骑有个女村干部

鄢冬

习近平总书记回信的那一天，苏尼特右旗乌兰牧骑舞蹈演员苏日娜正在锡林浩特市进修。本来，她像往日一样去上班，到了单位共同进修的同事和她说："你们给习近平总书记写信，习近平总书记给你们回信了！"

听到这个消息，苏日娜的心里激动万千，一时不知该如何言语，她赶紧跑过去找领导请假。接着，她马不停蹄地赶回了苏尼特右旗乌兰牧骑，那是她工作了十几年的地方，那是她梦想开始的地方！

坐在车上苏日娜仍然无法平复激动的心情。多少年了，乌兰牧骑队员就是从一辆勒勒车开始唱歌，唱到了雄鸡破晓，然后再唱到黄昏落日。他们走向了广袤的草原和星罗棋布的农村，始终肩负着党和人民的嘱托与热盼,他们从"红色的嫩芽"已经生长为全国文艺战线的轻骑兵。相对于年轻人追捧的流量明星,他们更为低调但与老百姓更亲近。

网络上、电视上,这封信已经徐徐展开。习近平总书记给第一支乌兰牧骑回了信,那么这将意味着,更多支乌兰牧骑,将被鼓舞、激励。想到这里,这个姑娘的眼里洋溢着快乐。

直到今日,面对着陌生的我,苏日娜仍然掩饰不住内心的激动。谈起那个瞬间,她也压抑不了泪花的涌动。

苏日娜属于标准的"85后",是乌兰牧骑队伍里"传帮带"的年龄。虽然她没有那么资深,但不缺少面对事业成熟的思考和规划。2018年,习近平总书记给乌兰牧骑回信的第二年,苏日娜迎接了一项重要的使命。这在他人看来也许是严峻的考验,但天生喜欢迎接挑战的苏日娜欣然接受了:她被抽调到赛罕乌力吉苏木额很乌苏嘎查的扶贫队伍里,成为乌兰牧骑队伍里为数不多的驻村干部,也是全旗村干部里为数不多的女干部。

脱贫攻坚,是全面建成小康社会的必经之路。乌兰牧骑队员们也以独特的方式参与其中。对于乌兰牧骑队员而言,演出是分内之事,演出之余走访贫困户,协助驻村干部进行慰问和扶贫,也并不少见。然而,却很少有人真正走到基层,真正成为一名驻村干部。苏日娜积极响应旗委的号召,再三请求来到脱贫攻坚战的第一线。一驻村就是3年,其中的甘苦,只有苏日娜才能体会。

苏日娜的父母一开始就表达了担心。她是女孩子,在村里工作诸多不便。在家里,她是掌上明珠,能吃得了那些苦吗?刚开始,她喝不惯牧区的井水，水是黄色的，甚至带着沙子和虫子。她的父母不放心，就每周末从几百里以外的旗里给她送来矿泉水。苏日娜却并不娇气，她慢慢习惯了喝井水，也就慢慢适应了那里的环境。

和以前的演出不同，演出时她是焦点，在农牧民期待的目光中徜徉。此刻她是与群众心贴心的干部，必须和他们时刻保持最密切的沟通。

刚开始，很多人都带着偏见："乌兰牧骑的，来干吗？来跳舞吗？可我们这里没有你施展的舞台。"苏日娜有过一阵子的迷茫、困惑，但乌兰牧骑的同事们经常给她打电话，支持她、鼓励她。当地的第一书记也细致入微地教导她，给她关怀，让她慢慢度过了这段适应期。

苏日娜是扶贫工作队的副队长，第一书记是正队长。这个工作队一共5个人。苏日娜用一个舞蹈演员的黄金时间，脱岗驻村，在土里泥里奉献了她的青春。

在苏日娜的帮扶对象里，有个小伙子给她留下了极为深刻的印象。他人高马大，1.9米的个头，和苏日娜同岁，都是1988年生人。一个同龄人成了她的帮扶对象，这让她很惊讶，然而，让苏日娜更困惑的是，她第一次感受到改变一个人是如此之难。这个小伙子为啥变贫？他和他的母亲分家了。70多岁的母亲觉得自己已经年迈，儿子应该自立门户了。可是，他却把母亲留给他的值钱的东西全卖了，靠着每年几千块钱的草场补贴度日。他每天宅在家里打游戏，基本没有任何社交行为。苏日娜面对着他，脑子里塞满了问号。

苏日娜问："你为什么不出去打工？"他说："不想去，懒得动。"

工作队拿来米面油，他第二天就又给工作队送回来，并且还很不领情地说："给我这有啥用，我又不做饭，给我点方便面也比这强。"

苏日娜跟他说："你该干点啥了。"他说："我为什么必须干点啥？"

苏日娜有好多个早上，先上班把手头的活儿忙完，再去找他谈心。给他收拾家、擦玻璃、收拾羊圈，苏日娜都干过。然而，尽管苏日娜表现得足够像一个朋友，但他仍然觉得很烦。

该怎么才能改变他呢？

苏日娜见过无数的观众，他们或者安静地坐在座位上，欣赏乌兰牧骑队员曼妙的舞姿，或者站起来、侧着身、蹲着，用好奇或期待的眼神告诉苏日娜，尽情地舞蹈吧，你们跳得多好，我的掌声就会多热烈。苏日娜觉得，只要用心付出，就能收到人民积极的回馈。然而，她面对这个扶贫对象时，却陷入了自我怀疑。

第一书记觉察到了她的不容易，就陪着她，又拽上小伙子的老母亲一起，和小伙子拉家常、吃饭。功夫不负有心人，慢慢地，小伙子开始接受组织的关心和帮扶了。一次，嘎查开会，嘎查长的电脑出了点故障，他们此时不约而同地想到了这个宅在家的"电脑达人"，就把他叫过来说："我给你钱，你给我修电脑。"没想到，他三下五除二就修好了。

那个让苏日娜头疼的扶贫对象，现在摇身一变，成了嘎查里的电脑高手，成了嘎查长离不开的助手，成了嘎查里正式聘用的秘书了！苏日娜终于松了一口气。

这三年，是苏日娜最难忘的三年。她从一个乌兰牧骑队员，转变为一个普通却光荣的驻村干部，离群众越近，也就越能想群众之所想。像这样棘手的扶贫对象，以及三年中的酸甜苦辣，苏日娜并没有把它们当作劫难，而是迎难而上，把它们变成她人生中的经历和磨炼。2021年7月，她回到队里，尽管已经不能再像其他舞蹈队员一样轻盈地舞蹈，但她变得更为沉静，更能明白自己该干什么、能做什么。她现在是队里每次演出都离不开的幕后保障。管理服装、诸事繁杂，却不改热爱。她的微笑会说话。她告诉我："我现在知道该怎么和牧民交流了，我会问他们，你们接羔了没？你们喜欢咱这个节目不？"现在新编创的舞蹈很高级，有的牧民看不懂，苏日娜就问他们："那你们更喜欢以前能看懂的，还是现在这样更新鲜的？"

人从泥土中来，无论飞多高，都应该落地，倾听大地的心跳。也许，她再也不能跳舞了，但她的每一分钟，都是在大地上绽放最美的风采。如今我们缺少的就是苏日娜这种扎根基层为农牧民服务的勇气，以及坚守自己岗位的力量。

沁在音乐里的生活

孟言

赛汗塔拉小镇的清晨中，阳光从东南方向朝这个广袤原野上鳞次栉比的房屋推移。在阳光未将小镇全部笼罩时，凉爽的空气让人清醒。空气中不夹杂一丝雾霭，显得更加干净透明。月亮仍挂在天上，是昨晚未消退的痕迹。月亮只是比昨晚更远了些，仿佛为白天让位，证明着清晨的到来。人们从清晨中苏醒，接着，小镇的街道、商铺，也渐渐从寂静中苏醒。

苏尼特右旗乌兰牧骑办公大楼的影子正在缩短。不远处，文化广场上的雕塑也浮现在了清晨的阳光之中。草原上的风使阳光加热大地的速度并不是那么快，但在大巴停靠的周围，乌兰牧骑队员们已经开始逐渐"升温"了。他们各司其职，相互照应着，开始投入一次演出的准备之中。公路、辙印、铁网，纵横绵延在秋季的金黄色之中。金黄的大地高低起伏，使这些线条随大巴车的行驶，交织、飘荡起来。不久前的始发地，顺其自然地淡出了脑海。

对于乌兰牧骑的队员们来说，音乐不仅是不自主的情绪表达，更是一种习惯性的生活方式。他们总是能从眼下的工作中感到乐趣和享受，也能从眼下的生活中感受到踏实与自足。

创新性、广泛性、包容性已是这支乌兰牧骑面对新时代的音乐创作理念。

吉日嘎拉的"小房子"

吉日嘎拉把工作室当成了他的家，也当成了一座充满希望的"小房子"。

打开工作室的门，他来到了一个与外界明显区隔、催人沉思的小世界。密闭的录音棚、深棕色的隔音墙、横竖摆放的几件乐器，有电声的、也有原声的，专业的调音台以及曲面的大屏显示器，给整个工作室带来了较强的视觉冲击力。这是他每天都要按时照看的一亩三分地。在这里，乌兰牧骑的一支支曲目如他亲手栽培的植物般生长起来。

吉日嘎拉毕业于辽宁鞍山一所音乐学院，主修作曲与音乐学。

2005年，吉日嘎拉考入苏尼特右旗乌兰牧骑，并负责音乐制作。

在吉日嘎拉刚来乌兰牧骑那会儿，乌兰牧骑的音乐团队只能用卡座磁带伴奏，不同的磁带标记着不同的功能，歌曲伴奏、舞蹈、开场舞等，演出时按不同的功能分别播放。

2006年，吉日嘎拉亲眼见证了乌兰牧骑的数字化进程。某一天，当他把磁带转变成了光盘，然后把光盘插进电脑的光驱里，他感到时代不同了，新的技术居然也能添加到他这一亩三分地之中。他迅速投入新的技术的学习之中。

如今，吉日嘎拉的工作室已经有一套完整的现代化录音和制作设备。

吉日嘎拉常说，乌兰牧骑做音乐的态度应是紧跟群众的需求。

乌兰牧骑面对的受众多为牧民，起先，吉日嘎拉的作品多为民族唱法歌曲以及艺术类音乐，但近年来，随着互联网和智能手机的普及，听众们有了新的需求，这些新的需求尤其体现在对流行音乐的喜爱之上。根据问卷调查，吉日嘎拉发现目前牧区的年轻人之中，喜欢嘻哈和摇滚的比较多，于是他晚上便从网上搜集此类风格的音乐，打算"好好补一补"。吉日嘎拉认为，音乐制作人总是要适应各式各样的曲风，多听多学，不断更新自己的技巧和理念。

乌兰牧骑的音乐制作团队就是通过这样"自我补课"的方式逐渐成长起来的。

从2007年开始，随着新的编曲、混音软件的引入，吉日嘎拉和他的音乐制作团队从网上自主学习，逐步掌握这些软件的使用方法。牧民接受的音乐种类逐渐丰富起来，吉日嘎拉又面临着新的压力。他说："有的时候感觉他们的欣赏水平比我们都高，我们压力很大。"将新的音乐风格融入乌兰牧骑的音乐创作之中是吉日嘎拉的当务之急。

吉日嘎拉的大学时代被民族唱法和艺术类歌曲的课程填满，而他本人则喜欢弹吉他、玩摇滚。一些经典摇滚乐队和歌手都对他产生了很大的影响。后来走上正规的音乐制作道路，他便开始思考一些更深层的东西，开始听一些流行歌曲。

他认为，流行音乐的和弦变化丰富，表达的内容更广泛一些。当谈及由流行、摇滚向草原歌曲制作的转变问题时，吉日嘎拉认为音乐人并没有在这些转变中遇到太多困难。他说："慢慢地融进去了，也没什么不适应的，很顺其自然地就进来了。"

吉日嘎拉表示，音乐人的适应力很强，总能顺利地实现这些音乐技巧和音乐理念上的融合与转变，即使是乌兰牧骑老一辈的歌唱家也表现出很强的适应力。他举了德德玛老师的例子："德德玛老师总能跟学生们一起唱一些新歌。搞艺术的人很容易接受一些新的东西。"

在吉日嘎拉看来，这些源源不断的"新的东西"正是群众生活真实的写照。艺术需要人民。

一条条公路、一处处苏木文化站将这里的人与外界、与时代、与祖国发展大方向联结。

在人口稀少、交通不便的牧区，乌兰牧骑不仅是轻骑兵，更是传声筒，党的声音、时代的主旋律都是由乌兰牧骑队员以鲜活的艺术形式传送到每一个牧民的耳中，让他们感知党和时代的充分关怀。

苏尼特右旗乌兰牧骑对于吉日嘎拉个人而言也有着重大的意义。在吉日嘎拉来到这支乌兰牧骑以前，这里没有音乐制作这个岗位，作曲、编曲等工作都需要到呼和浩特等大城市包给专业人员制作。2005年，吉日嘎拉来到乌兰牧骑时，得到了队长的充分赏识。队长看到了吉日嘎拉的很多长处，懂英语、懂电脑、懂乐理，于是队长便自己出钱，资助吉日嘎拉出去培训。吉日嘎拉在半年的时间内便学出了成果，向队长提交了几份完美的作业。

2007年，苏尼特右旗乌兰牧骑新楼在赛汗塔拉小镇建成，音乐制作的工作便完全交到了吉日嘎拉的手里。单位的第一台电脑是吉日嘎拉从自己家里扛过来的。自那以后，苏尼特右旗乌兰牧骑的音乐制作进入了数字化时代。

如今，吉日嘎拉的生活已经完全融入赛汗塔拉小镇。从老家集宁到鞍山，再到赛汗塔拉小镇，吉日嘎拉经历了种种不同的城市和不同的体验，唯有这里给他带来难得的宁静和灵感。他说："这里不像城市里那样嘈杂，一到马路上全是车，全是喇叭声。有时候回老家后还很不习惯，到这里就不一样，空气好、安静。音乐人的大部分创作时间都在晚上，晚上特安静，很容易集中精力，有灵感，当场就能写下来。"

吉日嘎拉常常做音乐做到早晨五六点或七八点，然后休息，下午再到工作室。赛汗塔拉镇繁华之处并不多，他的娱乐方式便是看电影、打游戏、去健身房或在镇上的广场遛弯。宁静而简单的生活并没有使他的灵感枯竭，相反使他摆脱浮躁虚荣，回归本心，体验生命与自然、个人与群众之间更为细致且纯粹的联系。

孙布尔拨动了爱的琴弦

弗洛姆认为，解决现代人孤独与不安的生存境遇的唯一方式便是确立"积极自由的存在方式"，用爱去工作。孙布尔做到了。

孙布尔似乎总保持着舞台上的状态，他的骨骼、肌肉中似乎记忆着舞台上的每一个动作。

初见孙布尔，他正弹着吉他，即兴地与鼓手合奏，显得非常愉快。在我们的观念中，小镇缺乏繁华都市的娱乐场所和娱乐设施，但事实上，这里的人无须将工作与闲暇对立。

孙布尔说："这是我喜欢的工作，不是别人逼着的。回家以后，我也经常拿着琴弹，已经习惯了。"

孙布尔把苏尼特右旗乌兰牧骑当作自己的家，因此，工作对他而言也是生活的一部分。白天在单位干的和晚上回家干的都是这个活儿。他在单位的时间有时比在家的时间还长。

孙布尔从小也是这样跟着乌兰牧骑一起长大的。他生长在牧区，小时候经常跟着乌兰牧骑一起走，他的舞蹈是从阿巴嘎旗乌兰牧骑学的。乌兰牧骑对他本人有着很大的影响。乌兰牧骑传统的熏陶始终伴随着他的成长。

2005年，孙布尔考入苏尼特右旗乌兰牧骑并成为一名舞蹈演员。目前，他是一名原生态呼麦演员。当再次进入乌兰牧骑并参与下乡演出时，他比其他新演员更熟悉，也更适应。乌兰牧骑队员本身需要"一专多能"，因此，孙布尔在从事舞蹈专业之余也进行呼麦的学习。

2017年，自习近平总书记给乌兰牧骑回信以来，苏尼特右旗乌兰牧骑的舞蹈演员一直忙于排练，并计划参加2018年央视春节联欢晚会。然而由于过度劳累，孙布尔在舞蹈排练过程中跟腱断裂。肉体的伤痛对于矫健的孙布尔来说，原本算不了什么；但当他得知这意味着将要告别舞蹈生涯时，失落感随着时间的推移逐渐发酵，并吞噬了他与生俱来的乐观性格——这不只是跟腱的断裂，而是与精神纽带的断裂。那是他职业生涯的一次转折，虽然他性格大大咧咧的，但难免会觉得这样的突变是心理上的一道坎。好在乌兰牧骑的"一专多能"机制，使他开始走上专业转型的道路。自那以后，他便转向了专门的呼麦表演。

孙布尔说，2017年，收到回信以后，他经常跟着乌兰牧骑团队参加全国巡演。之前，外地人并不知道乌兰牧骑是什么组织，他也不知该怎么解释乌兰牧骑的性质，只能简单说"这是一个歌舞团"。而自2017年习近平总书记给乌兰牧骑回信以后，乌兰牧骑被全国人所熟知。

不仅在国内巡演，孙布尔跟随演出团队也走遍了世界的几大洲，几十个国家。辗转于各类文明和各种文化之间，他不但有了更加广阔的视野和更加包容的态度，也发现了传统文化"走出去"的前景。

孙布尔说："音乐与生活不用联系起来，因为那本身就在一起嘛。我们偶尔就唱起歌，偶尔就拉起马头琴了。不光是乌兰牧骑，整个牧区搞音乐的都特别多。因为从小喜欢，走着走着就走上了这条道路。"音乐已成为乌兰牧骑队员的生活方式。

　　包括孙布尔在内的乌兰牧骑队员，有了内心的热爱和坚持，自然而然地拨动琴弦，弹出动人的爱的旋律。

来自草原的初心

王海霞

才刚进入初秋，苏尼特右旗牧区的草地就已经褪了色，一望无际的枯草伴着遍野的风声，使本就人烟稀少的村落更显得荒凉、缺乏生机，而一辆醒目的大巴车载着乌兰牧骑，适时地为这片草原送去了热闹。

为了中午的赴基层慰问演出，苏尼特右旗乌兰牧骑的队员们早早开始赶路。他们提着装有演出乐器和服装的大包小包，准备好歌舞，乘车近两小时才从城区赛汗塔拉镇抵达草原深处的某嘎查。乏味的演出路漫漫长长，但车内的气氛却不沉闷，因为这群时刻热爱文艺的人就像那种学生时代痴迷篮球而随时随地"空气投篮"的男同学似的，也时不时甚至无意识地就唱起来舞起来，炒热气氛。

观看他们的慰问演出是种特别的体验。这样的演出形式很少见。虽然舞台分外局促，却束缚不住他们大气自然的表演风格。在村委会会议室的狭小空间内，表演者全都换上色彩绚丽的演出服，在距离观众不足一米的地方唱歌、跳舞、奏乐。尽管舞台简陋，设备只有话筒，但演出丝毫不含糊。有的表演者候场期间仍在认真练习，演出的作品节奏鲜明、富有感染力，无论热情欢快还是稳健深沉都直抵人心。半小时的歌舞表演中，始终彰显着他们的扎实功底与诚挚态度。在场观众无不发自内心地为他们鼓掌，掌声久久不停。像这样的演出活动，是苏尼特右旗乌兰牧骑人的日常工作之一。他们以文艺活动在基层发着光，如同装点草原的一抹亮色。

演出的另一个特别之处在于表演者与观众之间有难得的亲近感。乌兰牧骑很多队员都在牧区长大，他们的性格朴实，也很豪爽热情，让人倍感亲切；同时，牧区的观众群体很固定，牧区居民的数量少，一些不向往大城市、坚定留在牧区的中老年人，更是数十年间都在做乌兰牧骑的观众。因此，大家对这支队伍非常熟悉，演员与观众像老朋友一样，见面会热情地问候，还没演出就已经很开心了。

苏尼特右旗乌兰牧骑这支精巧的文艺小队伍，已经陪伴一代代的牧民走过60多年的光阴。其间，他们走向更远更大的舞台，也取得了丰硕成就。队员王蕾已经在这支队伍工作了18年，乌兰牧骑见证了她的成长，她也见证了乌兰牧骑的变化。

王蕾从小就有一个当文艺工作者的梦想。她出生在艺术氛围浓厚的家庭中。她的爸爸、叔叔、姑姑都是文艺从业者。长辈们站在舞台上的光鲜模样让她羡慕不已。2004年，刚从艺校毕业的她终于实现愿望，作为一名舞蹈演员考进了苏尼特右旗乌兰牧骑，然而去报到时的第一句话，竟然是："我想回家！"

那是锡林郭勒盟城区长大的王蕾第一次来到旗县，她才十七八岁。当时苏尼特右旗乌兰牧骑也还没盖起办公楼，全是平房，站在排练厅能看得到宿舍。王蕾完全没料到这支小有名气的队伍，条件会这样艰苦，于是在迈进乌兰牧骑大院的一刻便打起了退堂鼓。但爸爸跟她说："你先试一试，不行再回去。"这一句话，让她在这里待了18年。

初到乌兰牧骑，队里的哥哥姐姐叔叔阿姨们都很照顾她。她慢慢明白在这个集体中，无论工作还是生活上的大小事情，只要有困难大家就会互相帮助。在乌兰牧骑，她感受到一种家的氛围。乌兰牧骑也满足了她对文艺的热爱。在乌兰牧骑她不仅跳舞，还学会了乐器。伙伴们也个个都"一专多能"。文艺将他们聚在一起，这不仅是一份工作，更是让大家乐此不疲的爱好和生活方式。王蕾的妈妈后来问她，留在乌兰牧骑后悔吗，她说一点也不，她爱这个集体。

在王蕾的经历中，我们也能看到属于苏尼特右旗乌兰牧骑的精神传承。1957年，草原上第一支乌兰牧骑在苏尼特右旗诞生，9位满怀文艺热情的牧民带着具有民族和地方特色的节目，冒着严寒酷暑在草原上巡回演出。他们不仅送文艺到牧区，还要服务牧民，每到一个地方都不遗余力地向牧民提供帮助。初期的乌兰牧骑已经具有热爱文艺、艰苦奋斗、乐于助人的特点了。初代乌兰牧骑队员都来自基层，他们拥有能歌善舞的基因与热情朴实的特质，吹拉弹唱样样都能而且吃苦耐劳。牧区的交通不便、物资匮乏，早期乌兰牧骑下乡一走就是一个月甚至数月，与牧民同吃同住同劳动，还恪守服务群众"三个不能走"的纪律：水缸不挑满，不能走；院子不扫净，不能走；粮票钱不交齐，不能走。如今苏尼特右旗乌兰牧骑的后辈们足迹迈得更远，所拥有的荣誉更多，但仍坚守着这些优秀传统与宝贵精神。

乐于助人是乌兰牧骑不变的精神。不论在哪，只要有人需要帮助，他们就会伸出援手。过去乌兰牧骑经常下乡帮牧民们理发、剪羊毛、送医送药。随着牧区生活条件改善，现在牧民们已经不大需要这些帮助了，但乌兰牧骑的奉献精神不变。不久前，王蕾与队员们在演出途中遇到一辆陷在沙子里的三轮车，不等人招呼，大巴车门一开大家就自发下去帮忙推车了。三轮车轱辘一转，扬得到处是尘土，队员们灰头土脸却没怨言。乌兰牧骑对文艺事业的热忱也从未改变，作为活跃在基层的演出团队，他们的演出条件有限。建队初期的乌兰牧骑是"一辆马车上的文艺工作队"，天为幕布地为舞台，时常受恶劣天气困扰。现在物质条件好了，队员们也仍会遇到各种各样的不便，而几十年里一批批乌兰牧骑克服困难，不分春夏秋冬不管刮风下雨，只要牧民有看演出的需求就一定会去，这是出于对文艺的热爱，也是一代代老队员带给一代代新队员的精神示范与鼓舞。

2017年，习近平总书记给乌兰牧骑回信让苏尼特右旗乌兰牧骑迅速进入大众视野。一时间，天南地北的人都知道内蒙古有个乌兰牧骑。对苏尼特右旗乌兰牧骑来说，他们成了热点新闻后就备受媒体关注。王蕾说："习近平总书记给乌兰牧骑的回信让我们受到了巨大的精神鼓舞，我们在此鼓舞下，更加踏实，更加勤奋，更好地为群众服务。"

"初心不改"是苏尼特右旗乌兰牧骑的状态，也是各地全体乌兰牧骑的缩影。因为不管外在条件发生什么变化，社会变迁、物质条件改变，乌兰牧骑的精神内核始终是稳定的，像有根系一样，一代代传承下来，很多品质都是不变的。

作为一个内蒙古人，我在考察过后，久久不能平静。乌兰牧骑是如何在各种恶劣的环境下仍然保持一股精神和勇气的？与其说乌兰牧骑是一个特殊的存在，不如说乌兰牧骑是一股扎根于群众中间的灵魂，只要群众在，乌兰牧骑人就永远坚守在这片大地之上。

与乌兰牧骑同行的一天

靳文锦

九月底的锡林郭勒草原已经开始泛黄。五个半小时的火车让我对车窗外的广阔格外向往。不一会儿，赛汗塔拉镇到了。

第二天一早，我们来到坐落于乌兰牧骑广场旁边的乌兰牧骑办公楼，整栋楼都洋溢着艺术的气息。苏尼特右旗乌兰牧骑是一支精悍的队伍，麻雀虽小五脏俱全，35 名队员文可以编舞编曲武可以上台表演。我们来到了乌兰牧骑队员的排练区，这里可以说是整栋楼里最嘈杂也是最欢乐的地方了。走廊被一分为二，左边是一排小隔间。第一个房间里，1 个队员正在练习古筝；第二个房间里，4 个队员正在排练舞蹈；第三个房间里，传出了笛子的声音。一名呼麦演员正站在走廊尽头的排练室门口，弹着吉他为屋里的队员伴奏，自己也高兴地唱着。队长告诉我们队员们正在为明天的演出排练，这兴许不是排练，更像是一群热爱音乐的小伙们载歌载舞的聚会！

　　活力来源于热爱，很多队员都是看着乌兰牧骑的演出长大的，从小便耳濡目染乌兰牧骑的生活，长大了来到乌兰牧骑工作，继续为这项火热的事业贡献力量。在乌兰牧骑，工作与生活很自然地融为一体，乌兰牧骑就是一个大家庭，这个家成员很多，他们热情地欢迎每一个新加入的成员。就是对于我们这群仅仅与他们相处两天的陌生人，他们依旧把我们当作一家人。

　　有时用音乐表达热爱比语言更纯粹，用歌舞来表达心中所爱更为热烈。歌声和舞蹈仿佛是他们骨子里的灵气。

　　早上8点，浑浑噩噩地上了大巴车之后，我只想找个座位坐下继续补眠。不一会儿，几个女队员拎着刚出锅的奶茶和包子走上来笑着分给大家，车上顿时一阵阵欢声笑语。我们从带队的副队长那里打听到，这回的演出是在距离镇子120多公里的阿其图乌拉苏木上。就这样，我们开始了平凡的乌兰牧骑的一天。

　　出了镇子就是一片又一片的草原，没有尽头一般，一眼望不到边。远方的蓝天与绿草接壤，这才是真正的草原。乌兰牧骑队员们充满了活力，艺术已经融入他们的骨血之中。声乐演员在对着手机忘情地唱着，舞蹈演员凑在一起讨论舞蹈动作，领队的副队长偶尔与司机说两句玩笑话，这是一个永远在路上的大家庭。大巴车悠悠地走着，耳边的歌声慢慢远去……

　　目的地在草原深处的一排平房。演员们在车上化妆准备，我下车后四处看看，发现附近再无别的建筑，距离最近的房子也要开车才能到达。正对这一排平房的一条公路，向东方和天际绵延而去。

正当我四处拍照时，一个骑着沙滩摩托的身影由远及近，从我的身边飞驰而过。一瞬间，他的身影便消失在天际，我竟有跳上摩托车的冲动，想要看看公路的尽头究竟是什么，天空的那边是什么地方。刺眼的阳光和清冽的冷风扰动我的心弦，在这样一个天空近在咫尺的地方，在这样一个天地之间仿佛只剩我一人的地方，任谁都想要高歌一曲吧！

演出开始前，队员们都换上了精美的演出服，登上舞台，他们就代表的是整个乌兰牧骑了，是一个忠诚于党、热爱人民、吃苦耐劳、甘于奉献、团结拼搏、勇于创新的乌兰牧骑。这里是嘎查委员会的办公场所，不太宽敞的屋子里坐着几位年迈的牧民和一些年轻的观众。听队员讲过，本着对每位观众负责的原则，乌兰牧骑制定了更为规范的工作准则：每场演出必须真唱，不允许放录音。他们认真负责地给台下的观众表演，并没因为这里是一个偏僻的地方、观众稀少，或是场地狭小就敷衍了事。

在不算长的一个小时的演出中，精彩的节目应接不暇。有一个节目是笛子独奏。节目开始之前，演奏者便坐到侧边独自练习，看着他娴熟的手法，我相信这一定是一次极其精彩的表演。轮到他上台了，只见他轻轻地将双手放在笛子上，大家顿时屏住了呼吸，欢快的笛声仿佛一只百灵鸟，在浩大的草原上自由地翱翔。吹到悲伤的地方，我看到吹笛人的眼睛晶莹闪光，原来他也沉浸在自己的音乐之中啊！这样的表演源于热爱，每个演员都融入着自己独特的生命体验。

接下来的马头琴演奏更是让我们眼前一亮。乌兰牧骑的传统是队伍短小精悍，队员"一专多能"，报幕员也能唱歌，歌手也能拉马头琴，放下马头琴又能顶碗起舞。这次的马头琴表演也一样，四位表演者中有一位演员刚刚唱完一首长调，马上拿起马头琴开始演奏。马头琴嘶鸣的声音，不就是草原深处的秘响吗？

来到草原，最应该听的就是呼麦表演了。据考证，呼麦的历史可以追溯至匈奴时期，蒙古高原的先民在狩猎和游牧生活中虔诚模仿大自然的声音。他们认为，这是与自然、宇宙有效沟通，和谐相处的重要途径。在自然的对面，人体器官的某些潜质得以开发。一人模仿瀑布、高山、森林、动物的声音时可以发出"和声"，这就是呼麦的雏形。这是我第一次近距离欣赏呼麦，这种声音高如登苍穹之巅，低如下瀚海之底，宽如于大地之边。哼唱中仿佛肥美的牛羊循着声音的方向而来，大地也凝听着牧民的柔肠百转。听呼麦的时候，会感觉到整个人都被这样真实而原始的声音包围，引起颅腔共鸣，即使知道发声的源头和范围，却依然不能从中分辨出声音的源头和方向。我被这样的声音所迷倒，整个人仿佛喝了几大碗烈酒一样晕晕乎乎，好像正在感受着呼啸的狂风、广袤的大地，神灵降临般的庄严和震撼，身体仿佛也被注入了力量，心里变得充实而辽阔。这种历史悠久的声音伴随游牧民族走过几千年的历史，现在来到我的眼前，烟火纷杂的茫茫人世已经随风消逝，这是心灵的净化。听惯了流行歌曲的我从这狂野又深邃的音乐中看到自然，看到万物。无穷宇宙，人是一粟太仓中，是一根苇草，是自然界中最脆弱的生命，宇宙中的任何力量都可以毁灭他；而人又是一根会思考的芦苇，从自然万物中人类听到了自己也听到了宇宙，知道自己的有限，知道自己会死亡。自然创造了声音，而人类创造了音乐，这就是人类的伟大。

演出一晃就结束了，我们一行人受到乌兰牧骑队员的热情邀请，与队员们和当地群众同桌用餐。菜品简单，奶茶和炒米必不可少。纯天然的沙葱拌成凉菜清爽可口，和羊肉拌成馅包成包子又别有一番风味。一位女高音表演者洒脱地给我们倒奶茶，就如同她在台上演唱一样，她的笑声都是洪亮高亢的。表演不是一种负担，而是一种释放。因为地势和生活方式的原因，这里的人们平常能够面对面坐在一起的机会并不是很多。乌兰牧骑的到来给了他们相聚的机会。人与人之间的联系，因为乌兰牧骑而变得紧密。

草原上那样的辽远寂寞，而这里的人那么的积极乐观。乌兰牧骑的文艺服务增加了草原的热情，为牧民们的精神世界增添了坚实的力量。

和乌兰牧骑同行的一天，注定难忘。风景与精神，都那么闪闪发光。

我们是人民的孩子

郭锦蓉

苏尼特右旗乌兰牧骑是一支以舞蹈、声乐、器乐为主要艺术表现方式，以小品、小戏、木偶剧为辅的中小型文艺演出团体，并且随着新队员的加入也创造了文艺演出的一些新形式，比如情景好来宝、多人弹唱、多人表演、情景演唱等，为满足人民群众日益增长的文化需求和增强人民精神力量而努力。

2017年10月9日，正值内蒙古自治区成立70周年与乌兰牧骑诞生60周年的伟大历史时刻，16名苏尼特右旗乌兰牧骑队员作为代表，怀着激动的心情，给习近平总书记写信报告乌兰牧骑的成长与进步。2017年11月21日，习近平总书记给苏尼特右旗乌兰牧骑的队员们回信。收到回信的那一刻，队员们在排练厅内欢呼雀跃。这封信不仅是对乌兰牧骑队员们的极大鼓励，更是党和国家对乌兰牧骑文艺事业的亲切关怀。乌兰牧骑队员们通过文艺作品将喜悦与人民分享。在队里44年之久的元老级队员钢宝力道激动得彻夜未眠，连夜创作出好来宝《乘爱起程》，描写了习近平总书记回信后乌兰牧骑队员们激动的心情，感恩于党和国家的信任。队里第一时间也创作出了歌曲《珍贵的回信》，由钢宝力道作词作曲，由吉雅图和萨仁满都呼演唱。

"全心全意为人民服务"是乌兰牧骑的优良传统。乌兰牧骑通过各个苏木嘎查文化站的通信员，了解到牧民什么时候需要、需要什么样的文艺作品。不管是只有5位观众的小型表演，还是100人以上的大型演出，乌兰牧骑都饱含热情到苏木嘎查去。新老一代乌兰牧骑队员们都秉承着"一切依靠人民，一切为了人民"的宗旨，紧跟时代的步伐，创作出人民想要的文艺作品，真正做到了习近平总书记文艺工作座谈会的讲话精神：深入生活、扎根人民。

习近平总书记在回信中提到，"人民需要艺术，艺术也需要人民"。苏尼特右旗乌兰牧骑的队员们也始终谨记自己是从人民群众中来，要到人民群众中去。据赛西雅拉图回忆，在他刚入队时，有一次跟随队伍到都呼木嘎查演出。嘎查里有一位70多岁的老奶奶，她因双目失明无法同家人一道观看演出。乌兰牧骑的队员们听说了此事，演出结束后，亲自到老奶奶家中进行慰问。蒙古包内，琴声悠扬，歌声嘹亮。队员们围坐在老奶奶的周围，舞蹈队的年轻姑娘们还细心地为老奶奶梳头发。队员们温暖的举动使她想起了多年在外打工的儿女，不禁流下思念的眼泪。

还有一次队员们在部队慰问演出时，忽然遇上了强风暴雨的极端天气。就在大家因未能演出成功而失望时，士兵们已经扛起整个舞台，在风雨中移动寻找庇护点。据队员们回忆，只看到窗外许多黑色的小点聚集起来围在舞台四周，舞台便开始移动。士兵们的信任与关爱，鼓舞了乌兰牧骑的队员们，他们以更加热情饱满的情绪投入文艺演出中。那一刻，士兵们就是乌兰牧骑人挡风遮雨的围墙。在大风大浪中他们仍然挺直腰身，为人民站岗，此刻他们既守卫着人民，又是在为艺术护航。而乌兰牧骑人呢？他们几乎看不清观众是谁，只知道必须把每一个节目演到极致，不仅表达着对舞台的坚守，也表达着对于观众的感恩。是的，人民需要艺术，艺术更需要人民。部队官兵是人民的子弟兵，乌兰牧骑也是人民的文艺轻骑兵，这两支部队在这个暴风雨之夜邂逅并握手，共同浇筑暴风雨也吹不垮的一道抒情的城墙。

难怪牧民们一直称呼乌兰牧骑为"我们的乌兰牧骑"。他们就生长在人民群众中间，他们也乐于融化在人民群众期盼的目光中。

乌兰牧骑，果然是人民的孩子。

改变

习近平总书记回信以后，各支乌兰牧骑从物质到精神都发生了很大的改变。要用单薄的文字去描绘这些改变是很困难的，需要用眼、用心去感受，用手去交流，才可以体会得更清晰。同时，更需要借助时间的力量，静待它过滤什么以及留下什么。

习近平总书记的回信，提振了乌兰牧骑队员的精气神，让他们得以以蓬勃的姿态对待工作和生活。

新时代的乌兰牧骑队员在党和国家的关怀下，自由生长，努力成为一个个人民艺术家。

金凤凰飞回"沙窝子地"

鄢冬

2016年，36岁的娜仁高娃创作的《短篇小说二则》入选由中国小说学会举办的2016年全国短篇小说排行榜。这个榜单每年只上榜5部作品，是全国较权威的小说排行榜。

2018年，38岁的娜仁高娃做出了重大决定：这一年盛夏，她离开了服务二十余年的公安队伍，到杭锦后旗乌兰牧骑创新工作室工作，专职从事文艺创作。

和别人考入或者调入乌兰牧骑不同的是，娜仁高娃年龄不小了，另外，她毕竟带着"知名作家"的光环。听到这个消息，她的很多朋友都很惊讶，但又慢慢不惊讶了。

娜仁高娃是内蒙古文坛近年来涌现的新星。在她来到杭锦后旗乌兰牧骑之前，作家出版社已经给她出版了一部长篇小说《影》，

还要出版一本中短篇小说集《七角羊》。彼时的她，已经在《民族
文学》《湘江文艺》《草原》等多家刊物发表作品。娜仁高娃的作
品给读者奉献了大量的文体实验，体现出一个青年作家的创造活
力。她的作品并不片面追求细枝末节的因果联系，而是不断创造讲
述故事的形式。娜仁高娃的短篇小说《草地女人》是散文体式，
《背石头的女人》以石头的口吻讲述故事，《雌性的原野》则用风
的角度看待世界。她更专注如何"讲"故事，更着力把握的是形式
体验，也是言语的激流。二十余年的警官生涯，给娜仁高娃带来了
诸多财富。她对人的观察很老到，作品中的人物形象充满了性格魅
力。

她这个人，就像她的小说，充满变化，你永远都预测不到她的
下一步。

早在2015年，娜仁高娃就下了这个决心。但习近平总书记给乌
兰牧骑的回信，无疑又给她送来了时代的潮汐。因此，她几乎是乘
着春风，一路飞驰，回到老家，杭锦后旗乌兰牧骑的队伍。

也许她知道，人生能把握的选择并不多。

从铿锵警营到红色牧骑，对她而言，最直接的是工作环境的
变化。在公安局，她必须用平淡和严肃掩饰内心波涛汹涌的诗情画
意。现在，她不必刻意管理自己的心情和表情。每天她踩着通向
三楼办公室的楼梯并肆意发出咯吱咯吱声，对她而言这是欢乐的音
符。在娜仁高娃看来，乌兰牧骑是一群十足的乐天派。他们永远是
乐呵呵的，任何烦恼在这里都可以轻易被稀释。

作家可以将真实的自我藏匿在闹市街头，但又可以在静谧的夜

里诉诸文字。一个作家，有时需要让自己保持"分裂"，从而在思维的冲突中保持审慎和深刻。娜仁高娃身上灿烂的潇洒和宁静的思考注定她就是一个有着分裂特质的作家。

任何场合，只要有了娜仁高娃，就一定不缺欢声笑语，她仿佛能在空气中加注电流，她周围的空气可以随着她瞬间摇摆、震颤。

她还有点竹林七贤的味道，她的言谈举止是舒展的而非被拘禁的状态。无论什么环境，只要有她就不会冷场。

其实，如果读读娜仁高娃的作品，就知道她为什么要做出"回家"这个决定。

娜仁高娃的出生地，是杭锦后旗的一个牧区，当地人叫它"沙窝子"，足可想象这片土地的贫瘠。在娜仁高娃的作品中，"沙窝子"的传说处处可见。"沙窝子"，就躺在杭锦后旗的腹地上。娜仁高娃的文字，让"沙窝子"的传说和风俗更显富饶。

来到乌兰牧骑之前，娜仁高娃经常在作品里写孤独。长篇小说《影》的主角阿岩夫，独自离开沙窝子去城里寻爱。在沙窝子，他被人蔑视地叫作"黑蚂蚱"，进城后寻爱无果，阴差阳错地成为替人上门讨债的"影子"从而被排斥。《背石头的女人》中，一块孤独的、受人摆布的石头体现了"剥离式"的哀伤。《七角羊》中的胡庆图，竟然长出了犄角，成为只能用帽子遮丑的"异类"。《神的水槽》里的扎桑扎布老人，一辈子只说一句情话，情话却变成遗言。或是陷入热恋又失恋的巴岱（《热恋中的巴岱》），或是失踪的雀姑儿和裸嫂子（《乳山》），这些小说中的人物大多处在一种非正常的"孤独"状态。

　　娜仁高娃是个孝顺的人，她忘不了祖辈对她的教诲，因此直到现在都不舍得浪费碗里的一粒米。她在都市中也时常回望故乡，她知道，那是她此生难以再回归的精神原乡，但如果有与之相关的风吹草动，也总是让她心生恻隐。"生长"和"救赎"，是她小说中重要的关键词。在娜仁高娃的小说中，羊、马，甚至草木、石头都有情感，都是独立的个体，也都可以发生故事。《影》中的四姐既是迷人的毒药，又是让阿岩夫成长的解药；《雌性的原野》中，风是人的化身，也是神的旨意，它替人与神爱着原野上的人。读者可以在娜仁高娃的笔下，看到一个二向态的世界：一面是冷酷的现实，另一面是温暖的未来。

　　因为远离原乡而孤独，因为远离故土而越来越渴望归家。因此，她这个人，也有"不潇洒"的一面。她总是被一个声音反复召唤着：回家吧，孩子，回家。

　　乌兰牧骑队员娜仁高娃在一群活泼的细胞面前，甘愿成为一处安静的风景。这些年轻的姑娘和小伙子们以青春的姿态出现在她面前时，年轻的火力横扫了一切。不过，她已经慢慢适应了这种新的变化。

　　娜仁高娃所在的编创工作室，其实就是根据习近平总书记回信的指示精神设立的，其初衷是及时地推出更多的原创作品，以服务于基层群众。作为一个以中短篇小说见长的作家，娜仁高娃必须迎接小品小戏的写作任务。和作家的自由创作相比，来到这儿更多时候是命题创作。但是，她勇敢突破自己的精神壁垒，相声、小品小戏、独幕剧，她慢慢地信手拈来。

2020年第二届全区乌兰牧骑新人新作比赛中，娜仁高娃的小品《唯一》荣获戏曲组创作奖。那一刻，她笑得像第一次作文得了满分的孩子。她更开心的理由是，乌兰牧骑队员们接纳了她，把她真正当成了自家人。

在娜仁高娃眼里，乌兰牧骑人，走路也得带着劲儿，带着音乐的律动。他们有热情、有朝气，他们每天都在积极向上地生长。

她有个同事，家里因为拆迁得到一千万的补偿款，但让她惊讶的是，这并没有给那位同事带来任何影响，他还是认真上下班，努力工作着。她的同事说，钱是钱，工作是工作，工作不只为了钱，而是为了被认可和尊重；留在乌兰牧骑，就能保持一种简单的快乐，这快乐一千万买不来！

乌兰牧骑人有理由保持积极向上的自豪感，因为他们总是能够得到群众的认可。他们总是觉得，他们是在给家人演出，给自己的家人服务。娜仁高娃曾经目睹了一件事，让她印象深刻。有一次，他们下乡慰问贫困户，可就当他们踏进一个贫困户的家门时，被慰问的人刚刚去世。那一刻，他们决定留下来，帮老人的家人们一起料理后事。当时，这家人心里温暖极了。与人同甘共苦总显得那么可贵：无关乎责任，只来自内心的真诚。

娜仁高娃之前写过电影剧本。她一直明白一个道理：不同文体的写作是可以触类旁通的。剧本是·种表达，也是一种味道，剧本之外，则应该是作家独特的生活氛围。现如今，她徜徉在乌兰牧骑所给她提供的包容和活泼中。她身边的乌兰牧骑人慢慢就会成为娜仁高娃的素材，这些有理想的小镇青年，这些专属于时代记忆的符号会慢慢闪现。

　　当然，更为重要的是，杭锦后旗是娜仁高娃的老家。一个还算年轻的作家，在可以掌握自己命运的时候回家了，一只凤凰没有"拣尽寒枝不肯栖"，而是听从心的召唤。无论如何，她都值得被尊重，值得被恭喜。

羚羊飞渡的壮美

鄢冬

习近平总书记回信以后，乌兰牧骑事业蓬勃发展，这给他们带来了更强大的精神动力，他们就以更自信的姿态出现在基层，服务群众。

对于突泉县乌兰牧骑而言，回信带来的改变是巨大的。

与全区很多乌兰牧骑队伍注重歌舞不同的是，突泉县乌兰牧骑的特色在于小品小戏。他们每年都能推出大量原创作品，几乎在每一次的内蒙古乌兰牧骑艺术节小品小戏评选中都可以斩获大奖。

突泉县乌兰牧骑策划过很多温暖的行动。2014年，在学雷锋活动月开始之前，他们举办了给环卫工人"一杯水"送温暖的活动。清晨5点钟，队长带着队员们早早在街边等着环卫工人的到来，等到他们过来，首先递上一杯热气腾腾的水。环卫工人惊讶过后，轻轻呷了一口。紧接着，乌兰牧骑队员就献上一个大大的温暖的拥抱。对于环卫工人而言，年轻的乌兰牧骑队员就像是他们的孩子，能在一大早晨收到孩子们的礼物和拥抱，简直比任何奖赏都更暖心。一些环卫工当即流下了滚烫的热泪。纵然，一杯水和一个拥抱并不能让环卫工人为了生存而奔波的境况得到根本的扭转，但那种细腻的感动的背后，是他们被关注后的愉悦，特别是被他们关注的"明星"关注了！

也许，一个善意的举动，所激起的浪花还会继续发酵，直到变成美酒。后来，乌兰牧骑队员们发现，一些环卫工人的工作服越来越干净，不再像以前那样随意。原来，他们中的很多人，总以为自己是这个县城的隐形人，没有人在乎；现在，乌兰牧骑都在乎他们了，他们也就更得在乎自己了。

越是逆境，越要强大！坚忍并崛起，这是全体乌兰牧骑人的共识。2012年以前，突泉县乌兰牧骑几乎没有参加过大型的演出，但2012年以后，他们年年参加全区各项小戏小品的赛事。凡参与，就一定要了荣誉而战。奖项始终没断。每一次的演出总结、日志及时撰写并上传。在这闷着头、憋着气的坚持中，突泉县乌兰牧骑异军突起，成为内蒙古东部区小戏小品领域的一支劲旅。一年一度的内蒙古卫视春晚上，他们是常客。

命运的确就像巧克力，你不知道下一颗是什么味道，但少有人能拒绝那深不可测的命运发来的邀请函。对于有心人而言，一定会吃到自己喜爱的那一颗。习近平总书记回信了，苏尼特右旗乌兰牧骑欣喜若狂，整个锡林郭勒草原也燃起了希望的曙光，内蒙古乃至全国的艺术工作者，都能体验到由衷的喜悦和希望。

2018年，突泉县乌兰牧骑终于收到了沉甸甸的礼物：文件来了，突泉县乌兰牧骑被确定为75支乌兰牧骑之一。

这是狂欢的一刻！也真的是太不容易了！

董金梅笑着说："我们永远记住自己的努力，我们也将永远珍惜这份殊荣！"

2019年3月，又是学雷锋活动月，董队长专程把盲人按摩师请进乌兰牧骑队伍，不仅是给队员们进行按摩解乏，而且培训他们按摩的手法。接着，在突泉县朝阳社会福利中心、东杜尔基敬老院、六户镇敬老院出现了一群漂亮的姑娘、小伙子，他们没有出现在舞台上，而是出现在这群孤寡老人的身旁，陪他们聊天，给他们揉揉腿、按按肩、端茶倒水。寡居的老人们，他们并不喜欢孤独，却必须接受寂寞。有人声的每个角落，对他们而言都是宝贵的。可爱的乌兰牧骑人，没有人在这个任务面前退缩，就把这些老人当成亲人，才不会在意究竟自己应该如何矜持。

乌兰牧骑刮起了"学院风"

鄢冬

在内蒙古118.3万平方公里的土地上，活跃着近100个乌兰牧骑队伍。也就是说，每一万平方公里的土地上，就活跃着一支乌兰牧骑。

呼伦贝尔大地，仿佛从不缺少艺术的秧苗，而莫力达瓦达斡尔族自治旗（以下简称莫旗）乌兰牧骑则是不可忽视的一株。截至2019年9月，全呼伦贝尔只有两个乌兰牧骑宫，莫旗乌兰牧骑宫就是其中一个。2018年，莫旗乌兰牧骑从逼仄的旧址搬进了新宫。干净、敞亮、雅致的环境让队员们更自豪也更有干劲。这支多次斩获自治区"十佳乌兰牧骑"和"一类乌兰牧骑"的雄壮之师有了一些新的面貌。习近平总书记的回信更是燃起了逐梦青年的艺术梦，他们从象牙塔里信步而出，投向了广袤的土地和热爱的事业。

潘蕾，毕业于北京舞蹈学院。她的本科毕业论文讨论的就是达斡尔族的鲁日格勒，后来他的论文被学校选入优秀毕业论文集出版。她来自内蒙古乌兰察布市集宁区，但命运却把她放到了内蒙古东北的小县城莫力达瓦。

一切都像一场梦，也都如同命中注定。潘蕾的毕业论文就和达斡尔族有关。实习时，她还参加过一次莫旗乌兰牧骑大型排练。2009年，她大学毕业，本来没有打算来莫旗，但后来因为爱情也就接受了。

对于土生土长的西部人，也并非达斡尔族的潘蕾来说，挑战无处不在。东部区人喜欢吃炒菜、炖菜，西部区人更喜欢吃烩菜。除了生活习惯和环境的挑战之外，更难的一关还是在事业上。

潘蕾大学时的专业是现代舞编导，莫旗老百姓喜欢看的是民族舞，现代舞在这里过于小众，接受度并不高。虽然潘蕾毕业论文写了达斡尔舞蹈，但她并不会跳鲁日格勒，纸上所学终究和舞台实践有着很深的鸿沟。

她努力说服了自己，既来之则安之。她试着投入达斡尔族舞蹈的编创中去。可是，尽管潘蕾科班出身，在北京见过了大场面，但带着满腔热血去基层演鲁日格勒时，她发现就连普普通通的一个达斡尔老人跳的鲁日格勒，都要比她的更地道、更有韵味。潘蕾又失落了。

为了家庭，潘蕾没有退缩，她知道，她必须要在这个陌生的地方深扎下来。为了事业，潘蕾决定再拼一拼。她相信，艺术之神一定会眷顾她并且指引她冲出重重帷幔，直至豁然开朗。

在困难面前，乌兰牧骑人不能低头也不能退缩。潘蕾的思考和努力最终还是收到了回报。一次，她在观察一支达斡尔族的传统舞蹈时产生了困惑。这支舞反映采柳蒿芽这个动作时，多多少少都显得不够真实。即便舞台要呈现一种高度的审美化，但如果离生活太远，还是欠缺一种真诚。她细心地观察大爷大妈们采集柳蒿芽的过程，发现他们采完柳蒿芽后，不是用小篮子装，而是用大簸箕装，这样装满后就可以直接晾晒了，既省时又方便。

对于本地人来说，用簸箕采柳蒿芽并不算什么新鲜事，但对潘蕾这个外地客而言，却产生了距离美。她改编了这个舞蹈，决定就用簸箕演绎，同时恰当地处理好了各种空间关系。最终，这支舞获得了第七届全区乌兰牧骑会演创作一等奖。

潘蕾，这个活泼而多思的乌兰察布姑娘最终找到了艺术创作的法宝，那就是扎根于生活的沃土，同时带着"审美"的眼光并"诗意地栖居"。潘蕾坦言，习近平总书记回信之后，乌兰牧骑人身上既有动力也有压力。如何不辜负党和国家的关怀，更好地为群众创作出优秀作品？作为新时代的舞蹈编导，如何保持传统，同时还能高度舞台化并创新？如何既保留优秀的传统文化，又流行化地表达出来，让更多的年轻人知晓并喜爱？

这些问题，孟伟峰也在思考。这个身材颀长的帅小伙是这支乌兰牧骑里的小老人了。他1992年出生，2006年中学毕业就被招进了莫旗乌兰牧骑。但孟伟峰并没有止步于此，向往远方的心还是让他不断地前行。2007年，他去海拉尔艺校学习，之后从艺校直接考到中央民族大学舞蹈学院，学习舞蹈表演专业。2016年从中央民族大学毕业后，他本有在更好的平台发展的机会，但习近平总书记的回信，又让这个小伙子心里的乌兰牧骑梦复苏了，他回来了。

荣归故里，建设家乡，是他做出的郑重选择，也是对奋斗中的自己一种真诚的交代。上了大学之后，他对艺术有了更深刻的理解。中央民族大学舞蹈学院的老师给孟伟峰打开了一扇思想的天窗，以及一个汇集古今中外资源的庞大舞台。以前他跳舞，只知道跟随自己肌肉的记忆摆动身体；上了大学之后，他才理解舞蹈背后的意义和精神，跳起舞来，心里更加清楚、更加明白，更有底气。

然而，和潘蕾一样，孟伟峰也必须解决远方与面包的冲突。排莫旗旗庆晚会《梦幻千年》的时候，孟伟峰十分刻苦，早出晚归，加班加点，获得领导和同事们交口称赞。然而，在编排一个节目时，他却怎么也琢磨不清楚其中的难题。最开始的时候，孟伟峰认为自己靠优良的知识储备，一定能够克服。后来，实在扛不下去了，这匹高傲的小马驹不得不虚心向老队员求教，结果老队员一句话，让困扰他多天的疑惑就地解决了。

无论是从四千里之遥飞来的潘蕾，还是绕树三匝之后又衣锦还乡的孟伟峰，他们甘心俯下身来，停住脚步，沉浸在生活中，因此他们将会把两种不同的艺术思路调和得恰到好处。他们也在虚心地和老队员学习的过程中，找到了如何传承和交流的诀窍。他们也在努力思考着，如何守正创新。

他们成不了点击率轻松过万的网红，但他们可以沿着自己曾经的所学，设计新颖的形式来包装传统文化。当然，他们时刻清楚自己的使命在哪儿，根在哪儿。传统文化中的精华不能扔，守正创新就先要守正。哪怕只有一个观众，也要保存优秀的传统文化。另外，世界斗转星移，谁知道哪一天，他们的坚守就未尝不是一种新潮？

距离莫旗乌兰牧骑不远的科右前旗乌兰牧骑，也是内蒙古自治区一类乌兰牧骑。更多科班出身的大学生投入这份事业中，年龄最小的是一个1995年的姑娘，她刚刚辞了商务局的工作，就是因为来乌兰牧骑能发挥自身专长。可是，来了之后她才发现，大学的钢琴专业似乎派不上用场，她却并不失望，端茶倒水、拍摄、写材料，她就做自己力所能及的事。虽然她并未强大，可她正在强大。同时，她也准备好了，以后能演出了，就给牧民弹电子琴。每一次演出，她都忙前忙后。翻飞的身影也就印证了她的决心。

在全区的乌兰牧骑队伍中，像这样的大学生甚至研究生队员越来越多了。一方面，体现了乌兰牧骑队伍对于年轻人的感召力。另外一方面，也在说明，年轻人同样可以担当时代重任，同样可以做历史的主人。

乌兰牧骑重视民间传统，智慧从民间来，民间可以给乌兰牧骑提供源源不断的甘泉。乌兰牧骑也正在重视学院传统，让"学院风"在乌兰牧骑队伍里尽情地刮吧！因为思考，因为知识，我们将改变很多，很多。

税务蓝擎起一面旗

朵兰

在内蒙古西部有一个叫海南的地方，这里很古老，早在新石器时代，就留下过北方游牧民族活动的足迹；这里又很年轻，现代化的工业企业鳞次栉比。在这片热土上，有一群努力拼搏的税务人、扎根一线的区县级税务局，守护着祖国税收事业，践行着服务纳税人的使命，创新着税收宣传形式。

国家税务总局乌海市海南区税务局在组织全体税干学习乌兰牧骑事迹时，大家的内心一次次被感动、被洗礼；同时，一个声音在每个人的心底回荡：向乌兰牧骑学习，向文艺轻骑兵看齐。经过精心策划、准备、筹建，2019年3月，乌海市海南区税务局接过乌海市乌兰牧骑授予的队旗，宣布成立全国税务系统第一支"税务乌兰牧骑"小分队。

3月，草木新绿，春风给予大地新的生命，也给予生命新的希望，一株红色的嫩芽破土而出。税务乌兰牧骑小分队的成立，是敬业精神对各个行业的强力渗透，也是税务人在用崭新的服务理念描绘着时代画卷。

"新时代文明实践走在哪里，乌兰牧骑草原税务小分队就在哪里；纳税人缴费人在哪里，乌兰牧骑草原税务小分队的宣传就到哪里；基层群众的需要在哪里，税务乌兰牧骑的志愿服务就落实到哪里。"小分队以志愿服务为工作理念，宣传税收政策，服务基层群众，推动文艺创新，传递着党的声音和关怀，丰富了农牧民群众的精神文化生活，开展了大量的联创共建、志愿服务、法制宣传等工作。海南区税务局契合乌兰牧骑工作形式，将税收宣传镶嵌融入演出当中，这既是税务宣传形式的创新，也是乌兰牧骑艺术表现内容的丰沛。

乌兰牧骑，这面传承了六十余载的沉甸甸的红色大旗，在新时期授予了海南区税务局，同时也将一种力量注入这个集体。这一品牌的推出在社会各界引起强烈反响，国家级媒体、自治区级媒体纷纷采访报道，好评一浪高过一浪。近几年，自上而下的税务人经历了几次大的考验，任务的艰巨、形势的复杂前所未有，越是基层越需要应对千头万绪，但海南税务人在这样的重压下，依然交出了一份组织和社会满意的答卷，用和谐的征纳关系奏响服务百姓的圆舞曲。是什么力量让大家紧紧凝聚在了一起？又是什么力量让这个团队焕发出活力生机？只有走进这个团队，才能得出答案，这也是时代需要的答案。

乌兰牧骑草原税务小分队成员现已发展到86人，占全体税干的60%，编创、演出、剧务都是税干们亲自上阵。工作时间身着税务蓝的他们从严肃枯燥的税收环境中迅速转型适应，充分利用起业余时间，编舞蹈、练唱歌、打快板、说相声，个个忙得不亦乐乎，传承着乌兰牧骑队员"一专多能"的职业素养，没有一个人叫苦喊累，没有一点负面情绪。当问到他们："不但要收好税，还要跳好舞，累不累啊？"他们说："组织能给我们搭建展示自己的平台，我们高兴还来不及呢！"朴实无华的税干们不会邀功不会请赏，但他们懂得"行，胜于言"。

小分队走进社区、企业、农区、牧区、学校、车间、单位，税干们从税收主业中挖掘素材、从社会热点中发现诉求，在工作之余自行编排了多个节目，传递党的声音和对基层群众的关怀、解读国家出台的税收利好政策。

原创小品《从税记》、歌曲《请到我家来》《歌唱美好生活》获得观众们的交口称赞。《相约在乌海》赞颂70年来祖国与家乡日新月异的发展变化。快板《新机构·新形象·新作为》、配乐诗朗诵《巾帼税务情》抒发了税务干部职工对税收事业、对党、对祖国的忠诚与热爱。

简单搭建的临时舞台可能只是厂区采光并不明亮的车间、村民家院里的一块空地，也可能是牧区的一块开阔草场，甚至只是面临搬迁的社区或者未硬化的荒滩，可就是这样的舞台才离群众更近。

"子女教育要减负，三岁以后能扣除，继续教育也能享，筑梦起航创辉煌。"关乎每个人的个人所得税政策被写入歌曲《美好时代》，朗朗上口，深得民心。专业的税收政策辅导转变为通俗易懂的文艺宣传，税务乌兰牧骑成功打通了税收宣传服务的"最后一公里"，拉近了税务部门与人民群众的距离。

每场演出结束后，咨询台前都会围满观众，用最朴实的语言表达着对小分队的欢迎和信任，征纳关系前所未有的和谐亲切。

"我们公司现有员工1500人，降率前，每月要为职工缴纳五险一金240多万，其中养老保险费每月缴纳182万元。自养老保险费费率下调至16%后，每月养老保险费少缴20万元。2019年预计节约资金160万元；到2020年，全年仅养老保险费一项就可以节约资金240万元。"

"增值税税率下调3个点，我们企业全年利润预计增加1540多万元。个人所得税政策落实后，4个月少交27万元。这是我们企业收到的一个大礼包。"

"企业好了，员工就好了。小家好了，国家就更好了。"在肯定和赞美中，队员们更是激情百倍。

居高声自远，非是藉秋风。乌兰牧骑小分队成员年龄结构涵盖"60后"到"90后"，且女同志居多。可从扛起乌兰牧骑这面旗帜后，没有一个人因为个人原因请假脱岗影响排练演出，反而在台前幕后涌现出许多感人的故事。

小王是办公室秘书，政务事务样样离不开他。乌兰牧骑小分队成立后，他不仅参与节目的排练，还要负责剧务工作。每次演出他都是既演节目又拍照片，烈日下汗流浃背，却毫无怨言。新婚不久的他，为了不耽误工作，婚假一拖再拖，谈及此事，他只是憨憨一笑："这都是我应该做的。"

徐姐的身体本来就不好，一段时间彩排训练后加剧了坐骨神经痛，她请了病假去邻市扎针，可听闻又有一场演出时，当即表示自己能坚持回来参加。妇委会的张姐说："你安心扎针，我们重新排一下队形，你下次再参加。"可徐姐执意赶了回来，匆匆参加完演出又返回就诊。她不想因为个人原因，再给其他姐妹们添麻烦。

刚休完产假的小李，回到岗位上就开始着手筹建小分队的准备工作，连续半年天天加班，法定的哺乳时间都无法享受，更别说正常的休息日了。工作的重压让她三次因堵奶引发高烧，可即便这样她都没退缩过。有一天，她推开家门，宝宝迈着蹒跚的步子，走过来搂着她的腿，仰着头喊了一声"妈妈"。小李的眼睛瞬间湿润了，她居然不知道自己的宝宝什么时候学会了独立走路。

一次，小分队下到农区举办了一场脱贫攻坚的文艺宣传会演。一个小观众格外引起队员们的注意，了解后才知道这个孩子有智力障碍，平常无法和别人交流，可他一直目不转睛地看着节目，慢慢地跟着音乐的节奏有了舞动，并且一直咧着嘴笑。那一幕感动了在场的所有队员。小分队虽然成立时间不长，却得到了上级、媒体、纳税人诸多好评和鼓励。在这一天，他们的演出被一个最单纯的特殊儿童认可，给他送去了希望，这足以说明小分队的价值所在。

如今说来，寥寥数语，可从刚性生硬的法律宣传转型到喜闻乐见、老少皆宜的服务型宣传，这是新税务的观念转换，更是新服务的率先垂范。只有切身经历过的税务人，才更能体会被认可后的喜悦。截至目前，税务乌兰牧骑小分队已演出17场，累计开展多样化志愿服务30余次，共组织352人次参加志愿服务活动，累计志愿服务2405工时，观演人数高达3万余人。小分队为"放管服"改革、减税减费、个税改革、脱贫攻坚、扫黑除恶等政策宣传辅导起到了积极作用。演出通过台前幕后的合作促进了同事间的感情，互相多了体谅，增强了整个单位的凝聚力，税干们的职业初心再一次得到升华。

每个人日复一日的耕耘付出都需要精神上的依托和支撑，而坚强的组织就是税务人精神的后盾。海南区税务局班子成员们经常说的一句话是："只有落后的领导，没有落后的干部。"越是到了紧要关头，班子成员越要守在第一线、最前方。每一场排练，每一次演出都会看到领导们忙碌的身影。不仅如此，他们还善于在干部身上捕捉发现闪光点，利用不同场合、不同契机树立队员们的模范带头作用，哪怕只是多排了一段舞蹈，多学了一首歌曲，领导们都会敏锐地发现。每个队员在乌兰牧骑小分队里都能获得成就感和价值感，同事间的感情悄然升华，团结和谐的凝聚力也不断增强。

税宣工作要进行，中心工作不能停。为了更好服务中心工作，海南区税务局持续组织"比业务、长才干、促融合"主题业务学习，鼓励小分队成员全部参加，并多次在局内组织测试和知识竞赛，对成绩优异的干部给予奖励，激发干部学习热情，尤其是领导班子成员以身作则，带头钻研业务，积极参与业务测试。千锤百炼成利器，最终在自治区税务局举办的业务考试中，海南区税务人展现出良好的团队风貌，得到领导的肯定。

家在内蒙古东部的小赵，在她小时候，母亲曾带着她走十几里的路去看乌兰牧骑的演出。那时，她看到台上的演员穿着漂亮的演出服，羡慕不已。她指着一件绿色的演出服对母亲说："我第一个月工资就要给你做件这样的衣服。"母亲笑着说："不要不要，你能有个好工作，我就踏实了。"她撒着娇还嘴道："管你要不要，就给你做。"天不遂人愿，小赵参加工作的第一个月，母亲突发疾病去世，远隔几千里，都没见上最后一面。母亲没等上她的第一个月工资，也没等上那件绿色演出服。婚后第二年，小赵怀孕了，但她并没有停下工作的脚步。当时正值她分管的发票资料室修缮改造。发票属于重要资料，尽管资料室的空气中弥漫着粉尘和刺鼻的气味，可她一刻也不敢离开，没过多久，产检发现胎儿发育停止。如今，小赵有了一个健康宝宝，可由于工作繁忙，她只能把孩子留给婆婆照看。孩子最喜欢上周末的早教课，可她总是因为工作原因失信于孩子，50节课程眼看就要结束了，孩子只上了不到10节。她是一个女儿，也是一个母亲。在税收工作的关键期，她扛起3个业务科室的重担。在乌兰牧骑小分队成立后，她又默默做了幕后工作者。当我问她为什么要这么拼，她说："我这样做很充实，也能让我妈安心了。"我问道："是不是阿姨没穿上你送的绿色演出服，你至今遗憾呢？"她笑笑："不遗憾了，我现在特别喜欢参与乌兰牧骑的幕后工作，也特别喜欢给我女儿买绿色的衣服。"那一瞬间，我的眼泪夺眶而出，而她的表情，却是奋斗过后的欣慰。

如今，税务乌兰牧骑小分队取得了阶段性的成绩，税务人整体工作态度积极奋进、精神风貌昂扬向上，但这只是新税务的一个小小的里程碑，在接下来坚守使命的"税月"里，他们还会亮出更多的王牌。这绝不是盲目自大，而是身后这一坚不可摧的团队自下而上的行动，给了我们希望。是这团队里的每一个成员，给了我们信心。回首来路，诸多汗水化作前行动力。永葆热情，脚踏实地坚守平凡岗位。税务人，不计个人得失，忠诚地守护着国家税收事业，这就是他们的初心。这初心是国家繁荣发展的基本保障，是经济大动脉里滚烫的热血，是新税务新形象的光荣使命。

　　时代不同、环境不同，乌兰牧骑的旗帜在一批批队员的手中迎风招展，乌兰牧骑情怀永远在内蒙古这片热土上镌刻书写着……

这个汉子看上去挺美

鄢冬

"快不要让他再演奥特了，再演下去，他都要变性了。"

说话者是科尔沁区文化馆的刘家鹏，他说着说着，坏笑已经一串串地掉在地上了。

奥特，是一场大学生话剧《山楂妈妈的远方》里的角色，由准格尔旗乌兰牧骑的李斌饰演。这个话剧由我当编剧、导演，除了李斌和刘家鹏，其他演员都是非专业的大学生，有的大三，有的大二，有的才大一。

排练大概一月有余，这些孩子脸上虽然会有疲惫，但青春饱胀的热情依旧是喷薄而出的状态。除了我之外，最辛苦的要数这两个副导演，李斌和刘家鹏了。

刘家鹏，在剧中饰演一个蔫坏蔫坏的有才，他也把蔫坏发挥到了戏外。看着地上他一串串的坏笑，我也有点忍俊不禁了。

李斌，准格尔旗乌兰牧骑一名非常优秀的演员。剧中的奥特，是一个为了梦想背井离乡，只身求学的假"腕儿"。为了让这个人物更有意思，我甚至把他设置成了一个有些娘气的角色。说心里话，让李斌来试戏，我还有些忐忑，怕他拒绝。

"李斌，我的话剧想邀请你来演一个角色，你看可以吗？"

"没问题！"他爽快的回应打消了我的顾虑。

"那你看看奥特这个角色？"

"好，我先看看剧本！"

事实证明，我多虑了。一个好演员，一定会熟练驾驭各种舞台形象，哪怕可能需要牺牲、需要迁就。试戏的那一天，李斌展现了超人一等的演技，几乎与饰演角色无缝衔接。结束之后，他还拉住我："我还是觉得刚才没敢再娘一点，没发挥好。"

看着山羊胡子已经茂盛，还有点眼角纹的李斌，我顿时觉得这个汉子挺可爱。

准格尔旗，是全国文明城市，也是黄河环绕的城市。准格尔旗乌兰牧骑规模不小，有106名队员。除了常规的民族歌舞、小戏小品、二人台节目之外，准格尔旗乌兰牧骑还有一片艺术的自留地，那就是漫瀚调。据资料记载，漫瀚调100多年前就产生于此。清嘉庆和道光时期实行"借地养民"政策，使大量汉族流入准格尔旗，形成了多民族杂居、农牧兼营的局面。移民不仅开拓了农业经济的发展，同时也促使了各民族之间的文化交流。准格尔旗的漫瀚调就是各族文化交融的背景下产生的。

融合了鄂尔多斯方言的漫瀚调就像鄂尔多斯当地出名的美食"干羊肉烩菜"一样，越嚼越有韵味。听漫瀚调时，你既能感觉到草原的天高地阔，也能寻觅到黄土地上沟沟坎坎般的沧桑与沉郁。

其实，一种唱法就是一种性格，就是一种活法。

准格尔旗乌兰牧骑先后创作精品舞台剧目6台，都是以漫瀚调为特色的，有音舞诗画《漫瀚情歌》、漫瀚调主题晚会《漫瀚情深》、漫瀚调音乐剧《海红酸 海红甜》《牵魂线》、"乡村振兴美，漫瀚情意长"庆祝中华人民共和国成立70周年综艺晚会、漫瀚调现代戏《山那边》。他们多次赴全国各地进行文化交流和展演，并于2017年代表中国赴印尼参加了第七届"波罗浮屠"国际艺术节。漫瀚调音乐剧《牵魂线》先后在全国十几个地区演出50多场，入围全国优秀音乐剧展演，并成功入选国家艺术基金资助项目，2019年荣获内蒙古自治区第十四届精神文明建设"五个一工程"优秀作品奖。

《牵魂线》里，李斌饰演村主任，一个志在带领乡亲们振兴乡村的优秀基层干部。他唱腔有板有眼，身姿挺拔，有一种真理自在我手的劲头。

李斌是2008年进入准格尔旗乌兰牧骑的。那时他刚刚20周岁。专科专业是戏剧表演，本科专业是音乐学。本科毕业后，他就从山西来到内蒙古。

他笃定地说，工作上所取得的荣誉，都是乌兰牧骑给予的。

万事万物自有平衡。但凡事业上有所收获，他就必然走过收获之前辛酸和苦难铺就的荆棘之路。李斌刚考入乌兰牧骑，就跟随乌兰牧骑下了一个月的乡。因为交通不便，演出任务又较为繁重，去过的好多村子都没有睡觉的地方，村委会、学校以及一切可以挤出空间的地方，就成了乌兰牧骑的"栖息地"。李斌记得，有一次在一个村委会临时腾出的两间屋子里，20多个队员就在桌子上面睡觉。第二天睡醒了，大家热火朝天地装台卸台，没有人喊累。对于20岁的李斌来说，乌兰牧骑辛苦的日子给他火热的理想降了温。他坦诚地说，这一个月确实让初出茅庐的他有点动摇。他动摇的根源不在于吃苦受累，而在于他有些摸不清自己前方的路，是不是越走越崎岖？

然而，乌兰牧骑广阔的天空让他逐渐看到了斑斓的颜色。2009年8月，在李斌下乡之后不久，赶上了漫瀚调艺术节。李斌收起了犹疑，投入如火如荼的排练中。当时队里请来了北京一流的编导、舞美团队，包括他在内的所有队员都见识到了真正的大制作、大场面。这次艺术节大家排了3个多月，进步都特别大。

2013年7月，李斌随队参加鄂尔多斯市乌兰牧骑文艺会演。鄂尔多斯的每支乌兰牧骑要给全市百姓奉献一场90分钟的演出，对于每一支乌兰牧骑而言，这是一次盛大的阅兵式。想要在全市赢得观众的口碑，就要把压箱底的家伙拿出来，就要让晚会成为精英荟萃的嘉年华。为了这么一场演出，准格尔旗乌兰牧骑队员们又排了3个月，所有队员累到几近崩溃，也产生了一些消极的情绪。队领导也顶着巨大压力。从上至下的压力弥漫在队伍中，有时，大家围绕着一些节目呈现的争吵，甚至都是一种绷不住之后的减压方式。然而，凭借着乌兰牧骑人的职业态度，他们还是战胜了一切内心的魔障。去市里正式演出前，他们对光就对了两个通宵，彩排了好几天。

演出的那90分钟显得既漫长又珍贵，李斌至今回忆起来，心里依然洋溢着幸福和激动。男演员在上面演，女演员就边哭边鼓掌；女演员在上面演，男演员们就准备好了俏丽的鲜花。一个集体舞蹈跳完，所有成员就在后台一起抱着哭。精神力的高扬带来了团队的超常发挥。演出完毕后，所有人赖在舞台上不想走，那种满足、感慨和沉甸甸的回味久久不肯散去。

最终，他们的眼泪和辛苦全部都汇聚成了沉甸甸的收获。准格尔旗乌兰牧骑勇夺全市文艺会演金奖。队员们会心的微笑与胜利的狂喜交相辉映，所有滚烫的日子都让位给了那个属于准格尔旗乌兰牧骑的夏天。

准格尔旗人说"此地话"，演员们下乡演出也就尽量用"此地话"演绎作品，老百姓看了特别喜欢，演员们就更起劲儿。对于李斌这个山西人来说，"此地话"和山西话还算接近。但对那些内蒙古东部区的队员而言，不亚于学一门外语。然而，大家都是那么用功地自发学习，不需要任何人督促。李斌想，这大概就是因为他们对事业有了归属感，候鸟也总得找一个可以依托的巢穴吧！

他慢慢感觉到，乌兰牧骑就像理想和现实交汇的地平线，人既得仰望星空，也得沾满生活的泥土。有学习的机会，也就得有付出的责任。李斌的心慢慢被拴到这儿了。

2017年，习近平总书记的回信，给李斌带来了更为坚定的事业归属感。2017年以前，很多乌兰牧骑的演出往往欠缺一定的规划性，在节目编创这一块也显得比较杂，想起什么就写什么。2017年以后，乌兰牧骑凝结成更有组织、更有规划、更有效率的团队。对时间的尊敬就是对人类智慧的尊重，必将换来踏实的回馈。准格尔旗乌兰牧骑精心打造的漫瀚调音乐剧《牵魂线》获得了国家艺术基金2017年度舞台艺术创作资助项目。2018年，准格尔旗乌兰牧骑漫瀚调音乐剧《牵魂线》去哈尔滨参加全国优秀音乐剧展演。参加此次演出的只有6部作品。随后，《牵魂线》又在全国会演了50多场，2019年又获得了自治区精神文明建设"五个一工程"奖。有理由期待，这部以"乡村振兴"为主题，以漫瀚调唱腔为特色，以青年人恋爱故事为主线的音乐剧，会走得更远。

习近平总书记的回信带给李斌或其他年轻演员的改变，就是更多造梦的机会。谈起梦想，李斌又羞涩又坚定。他说："咱现在也毕竟是风华正茂。"

2019年11月，李斌来到了内蒙古大学第十期文研班。尽管错失了更多与家人团聚的机会，但李斌依旧在这些朝气蓬勃的同学们身上学到了很多，一簇簇的火花也在尽情释放。这是个充满青春活力的班级，因为班级的大部分学生都是乌兰牧骑队员。是啊，乌兰牧骑人不管走到哪儿，不管做什么，都是一家人。当前时代，观众的品位越来越高，对乌兰牧骑的演出的要求，就不仅仅是看看热闹，而是越来越想知道这个节目到底说了什么，意义是什么。来到文研班，李斌掌握了学习的方法，他转换角度，更多以专业观众的视角去看话剧、歌剧、舞剧，获得了更多的信息刺激。

李斌有个卑微但却了不起的心愿，他希望看到漫瀚调有朝一日被列为中国戏曲的剧种之一。他相信，"正身"之后，漫瀚调必然朝着更高雅、更经典的路子继续前进。

李斌是个好演员，因为他知道，作为一个演员，每一次饰演角色都是一次出发，也是一次抵达。而作为一个乌兰牧骑队员，每一次演绎角色，就是让自己在舞台上为观众呈现更多的人的独立价值。演员是人民，观众也是人民，李斌演给人民看的时候，不会计较舞台的大小和角色如何。

因此，奥特这个汉子确实挺美。

我是一峰有故事的红驼

武永杰

    在乌拉特草原上生存着一种特殊而珍贵的畜种叫红驼，它们体型高大、性格温顺、身着紫红色的皮毛，行走时总是高傲着头颅。它们以脚踏实地、坚韧不拔的精神扎根在大漠，驻守在边疆。它们世世代代在草原上繁衍生息，历经岁月的冲刷，沉淀了深厚的红驼文化，乌拉特后旗因此被赋予"中国红驼之乡"的美誉。

    近年来，乌拉特后旗乌兰牧骑队员们以红驼文化为背景，用歌声和舞蹈把党的关怀送到草原深处，为各地游客奉上了独具魅力的文化大餐。

    初冬的乌拉特草原寒风料峭，阴山北麓的潮格温都尔镇热闹非凡、人山人海，"2019年丝绸之路·第四届国际骆驼文化旅游节"在这里隆重举行。阴山苍茫，绵亘塞外，沃野万里，孤烟扶摇、塞外的狂风吹动着荒漠的驼铃，乌拉特草原以阴山为背景更显壮阔雄伟。丰富多彩的节目吸引了人们的眼球，为八方宾客展示了"戈壁红驼之乡"的魅力。

蔚蓝的天空下，红驼高昂着头颅，踏着蒙古高原古老的踪迹悠然而来。一阵悠扬的马头琴曲从没有尽头的草原上响起，带着广阔草原的声音，回荡在广袤无际的大地和天空之间，似低吟浅唱，又似诉说着千年的故事。高大的骆驼，大红的喜字地毯，舞蹈《驼峰迎亲》把我们的视线带入了驼峰之间的一世情缘。那独特创新的婚礼迎娶方式，让我们欣赏了一幅厚重的风情画卷。《我的骆驼》四重唱等文艺节目，伴随着驼队及马术表演把现场气氛推向了高潮。

"我们的生活一天天地变好了，我们在这里欣赏乌兰牧骑的演出，共同祝福改革开放40周年，祝福我们的家乡越来越好，这日子真是越过越有滋味。"巴音努如嘎查的牧民傲特恒激动地说。

前进中的乌兰牧骑依托特色文化资源，将旅游元素与文化元素完美结合，积极开展对外文化交流活动，推动文化"走出去"，讲好内蒙古故事、讲好中国故事，把乌兰牧骑优秀的传统文化传播到祖国各地。

2019年9月6日至10日，由中华人民共和国商务部、蒙古国食品农牧业和轻工业部、内蒙古自治区人民政府主办，内蒙古自治区文化和旅游厅、蒙古国政府执行机构·文化艺术局、蒙古民族艺术剧院承办的第三届中国·国际蒙古舞蹈艺术展演，在内蒙古民族艺术剧院音乐厅举行。乌拉特后旗乌兰牧骑为大家送上群舞《驼球赛》，在中华人民共和国成立70周年、中蒙建交70周年之际，他们为观众奉献了一场别开生面的视觉盛宴。

茫茫戈壁，瞭望远处，一串串黑点在晃动，它们鼻孔里喷着粗气，背上载满了货物。生生不息的红驼穿越远古的丝绸之路，而今已被列入第四批国家级非物质文化遗产名录。前进中的乌兰牧骑人始终秉承坚忍不拔的精神，把自己的脚印踏遍祖国的大江南北。

2019年12月，乌拉特后旗乌兰牧骑接到上级指示，去江西赣州进行文化交流，参加由中共赣州市委、赣州人民政府主办的"文化惠民　感恩奋进2020赣州第五届文化惠民周"开幕式。接到任务后，乌兰牧骑队员立即进行紧急排练，仅用了10天时间便组织了一台精彩的晚会。

2020年1月7日，乌兰牧骑人踏上了南下的列车，他们带着乐器、演出服、日常用品，经过32小时的长途旅行，1月9日到达赣州。虽然是冬季，但南方的天气依然潮湿、雨水多。刚到赣州火车站，下起了雨，路上湿滑，他们拖着重重的行李箱和演出道具，匆匆忙忙赶赴宾馆。

1月10日晚上7点，"文化惠民　感恩奋进2020赣州第五届文化惠民周"开幕式在赣州市黄金广场举行，舞台上气氛热烈、灯光闪烁，天空中飘着毛毛细雨，雨水打湿了舞台，淋湿了灯罩。开幕式上，乌兰牧骑有6个节目上场。舞蹈演员穿着单薄的演出服，柔软的马靴踏在潮湿的舞台上，每一个动作做到位都非常困难，但全体队员们都竭尽全力把感情融入节目中，大家相互配合得很完美。

演出按时举行，刚开始广场上的观众很少，但随着优美轻松的音乐响起，稀疏的"雨伞"便慢慢地聚拢起来，一朵、两朵、三朵……广场上绽开了五颜六色的花朵，淘气的小孩趴在舞台的侧面。大人抱着孩子，打着雨伞、顶着雨衣而来，伴着动感的节拍，舞蹈演员们跳起了轻快的舞步。她们挥洒着柔软的手臂，扭动着纤细的腰肢，绽放着灿烂的笑容，散发着青春的活力，展示着运动中的美丽，人们仿佛听到了草原上的马蹄声，仿佛看到了无边无际的大草原。纯净、透明的音色与绿色的草原相和谐，与草原之上的天宇和云朵相契合。

舞曲落幕，观众们连续喝彩，不停地鼓掌，气氛高涨。乌拉特人民把自己的文化带到了江西这块神圣的革命圣地，南北文化在碰撞中得到了升华。台下双方队员交流技艺，乌兰牧骑队员为观众献上了塞上绝活儿《赛马舞》。

这是一场视觉盛宴，这是一次交流与学习的机会。其实这些演员们年龄并不大，他们平均年龄不足30岁，但由于南北水土的差异，许多演员忍受着剧烈的呕吐和身体的不适，连续三天三夜不规则的饮食，使他们的身体变得很虚弱。然而，当他们看到台下观众那一双双期待的眼睛时，又感到一下充满了力量。

"我们走在哪里，就把好事做到哪里。"这是历代乌兰牧骑人的工作作风。每次演出结束后，无论多么晚，他们都要进行环境卫生整理。台上的演员，台下的清洁工。

演出结束后，所有饭馆都已关闭。他们点了快餐，借着路边的灯光，在广场潮湿的石灰凳上就餐，大家有说有笑地谈论着舞台上的趣事，谁都没有一点儿怨言。

夜幕的星空之下，他们拖着疲惫的身子行走在异乡的土地上，却依然幸福着、快乐着。把乌兰牧骑演出与弘扬地方文化相互融合，提高地区的知名度，一直以来是乌兰牧骑人引以为荣的事业。他们是一峰会讲故事的红驼，无论走到哪里总有讲不完的故事。

2020年1月12日，由江西省赣州市文化和旅游局、中央文明办组织的"春雨工程——'天赋河套草原牧歌'来自草原的祝福"第三场专场晚会在会昌举行。悠扬的马头琴声响起，传递着乌拉特儿女真情的祝福；一曲《万马奔腾》奏出了乌拉特人民吃苦耐劳、勇往直前的精神；快板舞蹈更是赢得了大家热烈的掌声。演出结束后，当地演员和乌兰牧骑演员相互学习、相互交流。

队员们每天行程都非常紧张，上午当地文化和旅游部门带领他们参观红色文化教育基地，下午3点开始布置舞台，晚上7点开始演出。晚上9点多演出结束后，还得收拾场地，回到宾馆已经是凌晨2点多了。

苏安娜是舞蹈队里年龄最大的一个，由于长时间休息不好、水土不服、连续呕吐，在当地社区医院输液；舞蹈演员塔娜因水土不服，当场晕倒在地，打针后继续登上舞台。

舞台给予了他们无穷的力量，观众是他们最好的鼓励。前进中的乌兰牧骑队员们把自己的淳朴带到了大江南北。南北文化的交流，给乌兰牧骑队员们提供了学习和锻炼的机会，在文化交流的碰撞中凝聚了他们深厚的友谊。发展中的乌兰牧骑以守望相助的理念为主线，发挥"一专多能"的优势，利用新时代文明实践中心，"结对子，种文化"创作推出具有鲜明时代特征的优秀作品。他们把红驼文化带到了祖国各地，带到了首都北京。

　　2019年国庆节，受北京市文化和旅游局邀请乌拉特后旗乌兰牧骑参加了在北京市十大公园内举办的庆祝新中国成立70周年 "普天同庆·共筑中国梦"为主题的国庆系列游园文化演出。

　　9月30日下午1点，乌兰牧骑队员们匆匆忙忙走下飞机，经过半个小时的车程来到酒店。他们仅用了20分钟时间入住，连中午饭都顾不上吃，立即投入与北京歌舞剧院演员的联排中。双方队员迅速搭建默契桥梁，互学互鉴，圆满地通过了总导演对节目的审核。

　　10月2日，队员们早上5点起床，他们就餐、化妆、排练；7点，他们乘坐一辆大巴来到了地坛公园。公园里早已人山人海，在鲜艳的五星红旗下，主持人报幕落下，一阵激昂的乐曲响起，在绚丽的舞台上，演员学贵、苏德日图、额尔恒马头琴合奏《牧驼青年》。

　　接着，演员青格尔、海日恒、乌日斯等为大家表演了舞蹈《阿木尔赛罕》，然后，大家一起演唱《歌唱祖国》。铸牢中华民族共同体意识，汇聚智慧力量，提供精神归属，前进中的乌兰牧骑队员们发挥着吃苦耐劳的精神，他们把红驼文化带到了祖国的首都。

　　最后，大家齐心协力打破了全天演出3场，2场快闪录制的最高纪录，虽然每场演出间隔时间很短，但队员们仍然以饱满的精神高质量地完成了任务。舞蹈《阿木尔赛罕》，马头琴曲《奔腾的白骏马》把乌拉特人民的期盼带到了首都人民面前。在连续几天的时间里，乌兰牧骑与北京歌舞剧院携手完成11个节目表演，现场观众达6000余人。乌兰牧骑独具特色的舞蹈及器乐曲，展示了独特的地域文化和艺术魅力，赢得了首都人民的好评。

　　把党的声音和关怀送到千家万户，把最美好的精食神粮送到基层，扎根生活沃土，服务农牧民群众，推动文艺创新，前进中的乌拉特后旗乌兰牧骑以阴山为背景，结合当地的红驼文化，坚守创作引领，为乌拉特人民抒怀，创作出了许多接地气、传得开、留得下的优秀作品。

从建队至今，乌拉特后旗乌兰牧骑创作了《乌拉特情韵》《牧驼青年》《我的故乡乌拉特》《蓬松的檀香树》《阿命泰》等200多部（首）文艺作品，获得自治区和盟市级"优秀创作奖"和精神文明建设"五个一工程"奖。《乌拉特礼赞》《驼峰上的乌拉特》、小合唱《雪白的云彩》、长调《蓬松的檀香树》分别入选参加第二届全国少数民族优秀声乐作品展活动，并荣获优秀表演奖。《阿命泰》荣获华北五省舞蹈大赛创作表演三等奖。

培养"一专多能"的职业型人才，扎根沃土，集思广益，在学习创作中"比、学、赶、帮"，在勤学苦练中收获着幸福与喜悦。几年来，乌兰牧骑队员们先后获"优秀表演者""模范共青团员""劳动模范""模范共产党员""自治区乌兰牧骑先进个人""'一专多能'能手""'三下乡'活动先进个人""服装设计奖""创作奖""作品奖""作曲奖""编导奖""青年突击手""文化战线先进工作者""老队员荣誉奖""民族团结进步奖"等表彰奖励有170多人次。乌拉特后旗乌兰牧骑曾两次被评为自治区先进乌兰牧骑，获得自治区"演出金奖"，接受国家民委、文化和旅游部颁发的锦旗，先后9次被评为巴彦淖尔市"优秀乌兰牧骑""先进乌兰牧骑""文明演出单位""民族团结先进单位""'三下乡'活动先进集体""宣传文化系统先进集体"等荣誉。

人民需要艺术，艺术需要人民。一代又一代乌兰牧骑人以天为幕，以地为席，发挥着"草原红色文艺轻骑兵"的作用，他们从草原来，到草原去，从乡村到城市，从城市到首都；而如今，他们走上了国际大舞台，走进了人民大会堂，他们为农牧民送去了欢乐和文明，他们收获了一个又一个丰硕的果实，把优秀的精神食粮输送到千家万户。

这是一支特别能吃苦的团队，这是一支有战斗力的团队，一代又一代的乌兰牧骑人，以脚踏实地、坚韧不拔、吃苦耐劳的精神诠释着爱的奉献，他们把红驼文化送进了千家万户。乌兰牧骑像一座大熔炉，又像一所大学校，把一批批年轻的队员铸造成"一专多能"的文艺工作者，把一个个含苞欲放的文艺新苗培养成艺术家。

其实我只是一峰会讲故事的红驼，我把脚印留在茫茫戈壁，孤烟落日，万籁无声，驼铃悠扬，响沙轰鸣，高大的公驼，浑厚的长调，熊熊燃烧的火把代代相传。前进中的乌兰牧骑人从乡村走向城市，从区内走向区外，从国内走向国外，他们在"草原丝路""一带一路"经济发展的纽带上，架起了中国与世界沟通的桥梁。

唱起生命的歌

鄢冬

　　阿荣旗，安静地耸立在大兴安岭东麓的一片沃野中。它是喝着阿伦河的水长大的翩翩少年，近年来城镇面貌更上新台阶。干净的街道上，一团团整洁的花朵紧紧簇拥在一起，它们以柔情的目光等待着每一天的清晨和落日。阿荣旗是广袤的呼伦贝尔草原上一株特别的植物，也是一处拥有着丰富生态和雅致风景的所在。在各族儿女的辛勤耕耘下，阿荣旗这个偏僻但灵秀的地方正迸发着灼灼之华：2008年，阿荣旗政府所在地那吉镇被评为"内蒙古自治区十大魅力名镇"；2009年，阿荣旗被评为"全国文明县城"；2012年阿荣旗荣获"2012中国最佳休闲小城"称号；阿荣旗新发朝鲜族乡东光村荣获首批"中国少数民族特色村寨"称号；2017年，阿荣旗获得"国家园林县城"荣誉称号。

文化的包容性，带给乌兰牧骑的既是沉甸甸的财富，也是不小的挑战。阿荣旗乌兰牧骑就是这样的队伍。二人转、秧歌舞、民族舞蹈甚至是非遗礼俗都会在他们的舞台上呈现。只要群众有需要，阿荣旗乌兰牧骑就会按需匹配，将新鲜的节目送到老百姓面前。在发展过程中，阿荣旗乌兰牧骑还是清晰地找到了自己的发展方向：一是民族文化品牌，特别是朝鲜族舞蹈、非遗文化的展示。他们曾经把朝鲜族婚礼、花甲礼搬上舞台。他们的长鼓舞更是别具风格，引起强烈反响。二是反映东北抗联的红色文艺。抗日战争时期，阿荣旗是呼伦贝尔战场的主要根据地，涌现出许多可歌可泣的故事。

2017年的冬天，习近平总书记的回信给阿荣旗乌兰牧骑送来了"暖冬"。呼伦贝尔向来是苦寒之地，但即使在冬天，乌兰牧骑也要完成演出任务。阿荣旗乌兰牧骑下基层演出时，一首歌唱下来，声乐演员的脖子就"周转不灵"了；一支舞跳下来，舞蹈演员的肢体就能被"冻锈"了。零下30℃的现实如此咄咄逼人，但带着被总书记关怀的温暖，他们仍然生龙活虎。他们去阿荣旗六合村演出时，村部没有场地，全体演员只能在外面演出。歌手们认真端着话筒唱歌，就是这几分钟，冷风鞭笞着他们的躯体，唱完之后他们的手透着刺骨的疼痛。舞蹈演员更艰苦，她们的舞鞋只是薄薄一层，衣服也是纱料的。每个舞蹈演员都要演出至少两个节目。文艺辅导员王娜刚刚唱完了一首歌之后，就把自己裹进了一个军大衣里，像是从洞穴里露头的一只瑟瑟发抖的兔子，但从她的视角看过去，"洞外"的队友们更加让她不忍：姑娘们裸露的后背，都已经被冻得紫红。

她哭了。

然而，乌兰牧骑人不会抱怨、退缩。

史家鹏是 2007 年来到阿荣旗乌兰牧骑的，这个内蒙古师大音乐学院的高才生坦然地说，来到阿荣旗，是为了爱情，但来了之后，却发现了音乐的乐趣。的确，大学四年的声乐理论和实践中，史家鹏习惯了各种灯光缭绕并且金碧辉煌的舞台。然而，乌兰牧骑人是没有专属舞台的，因为世界之大，处处都是舞台。史家鹏说，2017年以后，细化了乌兰牧骑的演出任务，入贫困户、病残户演出也成为一种常见的演出形式。他也是在这时慢慢懂得，什么是唱歌。他说："当你能看到观众的眼睛闪烁出需要、信任和依赖，那才叫唱歌！"

是的，在聚光灯的追逐下或引吭高歌，或低吟独语，是歌；在漫山遍野的黄花青草上，对着洁白的羊群和俊逸的马匹纵情忘我，是歌；在一个人的卧室、洗澡间独立开麦，也是歌；对着观众的眼睛唱歌，则是关于心灵的歌，关于生命的歌。

有一次，阿荣旗乌兰牧骑队员去向阳屿入户演出。一名贫困户在年前又得了脑血栓，屋漏偏逢连夜雨，坐着轮椅的他让家里显得阴云密布。然而，当队员们唱起《陪你一起看草原》时，他就感动得轻声哭泣。演出后，他不停地感谢，甚至有些语无伦次。随行的乡镇领导半开玩笑地说："他啊，可是咱们这里出了名的'钉子户'。可能是平时缺少家人的关怀，再加上身体突发重疾，对待大家的关心也非常抵触。现在，他的眼神已经告诉咱们，这个钉子早就拔了！"

　　当我们谈起乌兰牧骑时，我们在谈论什么呢？很多人都会习惯性地脱口而出：乌兰牧骑，唱歌跳舞的。是的，乌兰牧骑所到之处，一定载歌载舞。然而，乌兰牧骑的歌是生命的歌，乌兰牧骑的舞是理想的舞。乌兰牧骑，既是红色的牧骑，也是生命的牧骑。

　　阿荣旗乌兰牧骑人马不多，在呼伦贝尔这片充满艺术灵气的土地上，它们并不算有多么强盛。然而，他们仍然唱响着生命的歌，并保持着一种默默的守望，向着将要奔赴的远方，缓缓前行着……

一只孤独的手风琴

鄢冬

在达茂旗乌兰牧骑的陈列室里，有很多落满了历史尘埃的乐器，其中两件较特殊，一件是20世纪60年代建队初期的火不思，一件是1986年左右的钢琴。它们可以被参观但你绝对不能驻足凝视，原因在于，当你看穿了它们的前世今生后，就会不由自主地开始想念那些陪伴它们左右的青春之躯，那些洋溢着幸福笑容和艺术享受的脸庞。

还有一件乐器，算是火不思和钢琴的后辈了，也被装在看起来一尘不染的套子里。与橱窗里火不思和展厅中央钢琴的高调不同，它是羞涩而内敛的存在，却似乎传递出一种神秘的灵魂，它在向每一个看到它的人招手示意："你好，我是乌兰牧骑队长恩和的琴。"

恩和，一个粗壮却俊朗的男子，有着深沉的眉眼，有着热情而善良的内心世界。他曾获2020年全区宣传思想文化战线践行"四力"先进个人和乌兰牧骑建立60周年优秀乌兰牧骑队长称号。

2020年，恩和队长作为嘎查第一书记自掏腰包买东西，帮牧民搭建蒙古包。他的队员们，也都自发行动起来，创作出了很多优秀的文艺作品。

业务繁忙的他，手机当然就是最好的伙伴。他时而埋头回信息，时而拿起留语音，时而将手机抵在耳朵上但却又向后伸出手接电话，时而又不轻不重地将手机放回原来的位置并若有所思。

那只穿戴整齐的手风琴，就躺在离他不远的地方。

恩和是2013年年底接手乌兰牧骑队长一职的。在此之前，他是达茂旗乌兰牧骑里一枚"铁打的兵"，1999年就已经扎根在此了。

乌兰牧骑人有个不成文的传统，不论是谁当队长，必须业务上硬气。恩和在担任队长之前，是乐器组组长，而手风琴，就是他的"恋人"。

恩和说："咱这演出，操起手风琴多潇洒。你看牧区广袤的草场上，手风琴弹出的是一个骑士的浪漫，拉出的是风吹草低的交响。手风琴多方便呀，跟随人的律动而摇摆；拉琴的人呀，又不知不觉跟随着观众的热情而陶醉；观众呢，又不知不觉与碧空青草交流映照。"

"我是多想再拉起这把琴呀！"

队长很忙，的确如此。习近平总书记的回信，给乌兰牧骑事业打上了强心针。达茂旗乌兰牧骑队员们自然铆足了劲，准备甩开膀子大干一场。39人的队伍，不算小。但是作为队长的他，总想干得再好一点。

"我还想再招乌兰牧骑队员嘞！"恩和说到这，粗壮的眉毛使劲往中间凑了凑。更为重要的是，我在他眼睛里发现了少年的光芒。

乌兰牧骑，不是轻骑兵嘛！近40人的队伍还要扩军，不就成了辎重部队了？

"哎，你是不知道，我们现在的乌兰牧骑，是可以'+'的。'+'就是无限可能，这是新时代的特色，也是新时代的亮点。如果不加人，怎么做好'+'的准备？"

每年下基层100余次，这是乌兰牧骑队伍的职责所在。

每周整理会演视频、照片，提炼总结，用成绩向组织交代，这是乌兰牧骑队长的职责所在。

向"网上乌兰牧骑"递交素材，经营各种自媒体；同时，还需要懂新闻的规律，摸清文字的秘密，要当好编辑，也要当好记者，这是乌兰牧骑队员新的职责所在。

乌兰牧骑的编制是固定的，每增加一个都显得吃力。聘用人员和编制内人员待遇差别比较大，增加了许多不稳定因素。乌兰牧骑如果要有序地、健康地发展，就必须稳定。

"我们还要和其他科级单位一样，参加细致的党建考核呀。"

对啊，乌兰牧骑，红色文艺轻骑兵！

我瞬间理解了那只手风琴的孤独。

艺术本来长在了高高的树杈上，它被一只叫"生活"的鸟守护着，也被它教育着。

新时代乌兰牧骑的队长，真是一群有三头六臂的超能战士。全区有75个乌兰牧骑，就有75个和他一样的队长，有75只孤独的手风琴在等着他们。队长有队长的责任，敬业精神是恩和以及队长们共同的操守。

但我还是希望，队长们百忙中腾出一只手，拉起飘荡在草原沃野之上的仙乐。

中国冷极节

顾长虹

内蒙古呼伦贝尔根河市因舞台剧《敖鲁古雅风情》《敖鲁古雅》迅速走进了全国人民的视野，走向了世界。敖鲁古雅鄂温克族的文化也实实在在地让根河出了名。尤其根河的极寒天气，更引起了世人的关注。根河市委、市政府抓住这大好契机，充分发挥根河市乌兰牧骑的优势，连年举办各种大型活动。其中中国冷极节就是一个重要的活动，引得世界各地的游人们来挑战极寒天气的异样体验。

萧红在《呼兰河传》里如此描写东北的冷：

"严冬一封锁了大地的时候，则大地满地裂着口。从南到北，从东到西，几尺长的，一丈长的，还有好几丈长的，它们毫无方向地，便随时随地，只要严冬一到，大地就裂开口了。

严冬把大地冻裂了。

年老的人，一进屋用炕帚扫着胡子上的冰溜，一面说：

'今天好冷啊！地都冻裂了。'"

……

这段对于寒冷的描写，一直深深地印在我的脑海里，以至于我要描写根河的冷时，竟再也找不出比她更好的写法。零下40℃的根河农贸市场上，卖冻货的大嫂，厚厚的帽子外面围着厚厚的围巾，围巾里面还戴着厚厚的口罩。帽子和围巾像是刚蒸完的馒头锅，呼呼冒出的热气，瞬间变成冰霜结在帽子外面。不消一刻工夫，大嫂的脑袋竟成了"冰霜头"。唯一露出的眼睫毛，凝成了两行白霜，每忽闪一下，直让人担心是不是粘在一起，分不开了。

红的冻海棠果，黑的冻鸭梨，黄的冻柿子，如颗颗晶莹的珍珠，蹦着跳着闹着跑进老板准备好的纸盒箱，发出的碰撞声，像极了大卡车卸载河卵石时的叮里咣啷声；山林里成群结队的松树，从头至脚穿着洁白的冰霜衣，拉着手唱着歌，撒遍了山山岭岭的冰清玉洁，晃得人真以为到了白雪公主的童话世界……

之所以写这一段关于冷的文字，是想让您展开想象的翅膀，在脑海里描摹一下根河冷极的名不虚传。这么有特色的天气，当然成了根河市乃至呼伦贝尔旅游的重要项目。而宣传工作自然又得落在根河市乌兰牧骑的肩上。

早在2013年12月23日为实现冬季旅游新突破，呼伦贝尔市便开始主办以"内蒙古冰雪那达慕暨首届中国冷极节"为主题的系列活动，延续至2019年已经第七届。每一届根河市或作为主会场或作为分会场，均会安排系列活动。

习近平总书记回信之后，乌兰牧骑与旅游产业的联结更为紧密。每年内蒙古各地的旅游旺季，也是乌兰牧骑最繁忙的时节。他们要带着文化惠民的使命深入景区，不仅带来了人气，也带火了旅游市场。有乌兰牧骑，就有了活力，有了靓色。

我清晰地记得2019年根河冷极节的盛况。大大的宣传栏上写着"2019·根河冷极冰雪季"，主题为"中国冷极·根河——越冷越热情"。走近宣传栏可发现，活动遵循"民俗文化、冷极文化、森林文化"特色，充分整合创新文化体育旅游优质资源，努力将冷资源做出热效应。而这么大型的活动，当然会看到乌兰牧骑演员们熟悉的身影。

上午10点整，敖鲁古雅鄂温克族驯鹿文化博物馆门前，乌兰牧骑的两位演员化身接待员，身披彩带，布置场景后，冷极节在市领导隆重的讲话中开始了。零下40℃的气温，纵然穿得再厚，人们很快就被"冻"透了。那有什么关系呢，大家来体验的不就是这股子"冷"劲儿嘛!

紧张激烈的马拉松比赛最吸引人。又是几位乌兰牧骑队员组织好起跑线、拉绳等基本工作后，待一声令下，马拉松队员们冲出了跑道。围观的群众说："谁跑第一并不重要，有勇气参加还有勇气坚持到最后，就是最大的赢家。"

驯鹿文化博物馆门前进行的"中国冰雪大地艺术创意雪上绘画大赛"也拉开了架势。零下40℃的温度里调水彩可是有诀窍的。首先得量小，否则还没用完，就会冻成冰碴，还很有可能画笔也被冻在里面了。这就考验"画家"们构图、运笔、调色多个方面的功底。所谓的画，和在真正的宣纸上画肯定是不一样的。有人喜欢用刷子刷，有人喜欢用毛笔勾勒，还有人干脆在矿泉水瓶盖上扎个小眼儿，灌上水加入调料摇匀后，用手挤着矿泉水瓶向勾勒好的图案上喷……管他呢，创意画大赛嘛，没点儿创意岂能对得起这场"冷"的盛宴。

"画家们"在西侧路面上画得如火如荼，"驯鹿拉雪橇比赛"在东侧路上也进行得热火朝天。乌兰牧骑的队员和鄂温克猎民一起，牵着两只驯鹿拉着两辆雪橇，像模像样地站在起跑线外。裁判员一声令下，猎人松开驯鹿后，这两个家伙像脚下安了风火轮一般，一个猛劲儿，冲出去十几米。还没跑出去一百米，一只驯鹿突然向另一只驯鹿靠过来，后面的雪橇竟然卡在一起了。一切那么浑然天成，就像有人训练过这只驯鹿似的。

随着看起来也被冻着的太阳逐渐西斜，下午2点50分，"驯鹿迁徙展演"开始了。

由乌兰牧骑队员扮演的身强体壮的年轻猎民从森林里穿行而出，他在寻找苔藓多的林地。几经选择，终于确定了最佳迁徙地，有些兴奋的他，转身急匆匆地返回起点处。

家人们见到他回来，非常高兴，收起撮罗子，装好日常用具，待祈福仪式结束后，迁徙开始了。走在最前面的驯鹿负责驮着"玛鲁神"开路；男人们先走，女人们随后，驮着孩子的、驮着老人的、驮着物品的驯鹿陆续跟在后面。忽然，远处传来狗熊的叫声，由远及近，令人毛骨悚然。男人们迅速集合起来，围成一个半圆，拿着扎枪朝着狗熊叫声的方向，做好准备。女人们牵着驯鹿，带好孩子，紧紧躲在男人们的身后。

观察了一会儿，发现狗熊的声音越来越远，大家又恢复原来的状态，继续往前走。当走出森林，走到景区"根河之恋"几个大字前面的空场地上，便到达了目的地。乌力楞里的老人从驯鹿背上下来后，观察了一圈这个地方，非常满意。男人们赶紧卸下驯鹿身上的东西，搭起新的撮罗子；女人们则架起篝火，支上水壶，新的乌力楞即将建成。孩子们看到铺在地上没有踩踏过的积雪，兴奋得又是打滚又是奔跑又是扬雪，还唱起了高兴的歌谣。忙碌完的大人们，把肉煮进锅里，一家人拉起手，欢快地围着篝火唱起歌跳起舞。猎民们将驯鹿牵去丛林里找新鲜的苔藓，"驯鹿迁徙展演"便结束了。

"那一锅香喷喷的涮羊肉，我是真想让队员们吃上一碗再回去啊。时间实在是不允许呀。收拾完道具，必须立刻赶回单位，准备晚上的专场演出。"阿健队长说起队员们的时候，总像在说自己家的兄弟一般，满是心疼。

原来，"驯鹿迁徙展演"一结束，乌力库玛景区入口处摆放的5口大铜锅，已经热气腾腾地涮上羊肉。这绝对是"冷极节"的又一大特色。试想一下，在室外零下三十几度的严寒天气中吃火锅是什么感觉？若光着膀子吃又是什么感觉？这一切都不是想象，而是真实在发生的场景。游客们到了根河源国家湿地公园后，下车穿过一片林海，大约走上10分钟，一处写着"中国冷极"的冰雕墙威武地屹立于丛林边。冰雕前一排5个高六七十厘米，直径约一米的大铜锅全都呼呼冒着热气，锅里翻滚着的羊肉像要跳到游人们的碗似的。旁边的桌子上放着调料、筷子、小碗。谁想吃自己拿就是了。这一锅涮羊肉放心吃，不收费。吃着火锅的游人们，脸上都洋溢着快乐的笑容。"越冷越热情"可不是口号，免费请您吃火锅，热情全在行动中……

一直奋战在一线的根河市乌兰牧骑人，早已把为鄂温克族人服务当成了为亲人做事情。我想，根河市乌兰牧骑人的默默奉献精神，一定能代表大多数乌兰牧骑的心声。

他们的付出，终被认可。2017年11月21日，习近平总书记给苏尼特右旗乌兰牧骑队员的回信，在内蒙古广大干部群众和文艺工作者中引起强烈反响。根河市虽地处内蒙古最北角的大兴安岭林区，但现代化信息并不落后，乌兰牧骑队员们也在根河市委、市政府的组织安排下，积极进行了学习。

"通过学习，我们全体队员都特别兴奋、激动。这封信充分说明习近平总书记对乌兰牧骑的重视和肯定。我们这么多年的努力没白付出啊！我们会继续扎根林区这片沃土，服务林区群众；我们必须努力创作更多接地气、传得开、留得下的优秀作品；我们必须永远保持乌兰牧骑本色，做大森林的'红色文艺轻骑兵'……"阿健队长恨不得把他积攒着的激动一下子全表达出来。

听说自治区为每个乌兰牧骑配备一辆客车，根河市乌兰牧骑的队员别提多高兴了。2018年7月，阿健队长兴高采烈地带着司机，直奔海拉尔接大客车回家。8月下乡演出，他们开着印有蓝绿色图案的属于自己的大客车，像一艘行驶在大兴安岭林海的轻舟，载着根河市乌兰牧骑人的热情和责任，雄赳赳气昂昂地出发了。

"以前每次去牛耳河都像经历一场战役似的。这回有了自己的车，再也不用'抢'火车了！我们第一站就去的牛耳河。人们看到我们开着客车去表演，新鲜极了，围着客车看了又看，拿着手机对着客车上拉着的宣传条幅拍了又拍，他们都替我们高兴得欢呼雀跃起来！"阿健队长越讲越激动……

岁月静如流淌的江水，日夜不停，奔涌向前。他们的故事，像滔滔江水几天几夜也讲不完。年轮是岁月留给大树的记忆，皱纹是岁月留给人类的沧桑。时间在沙漏的轮回中悄然流逝，根河市乌兰牧骑走过了风风雨雨50年。几十年来，这支活跃在大兴安岭北疆亮丽风景线上的"红色文艺轻骑兵"，不辱使命，勇于担当，为实现中华民族伟大复兴的中国梦，放歌林海，砥砺前行，必将在为人民服务的大道上继续前进，为人民做出更大的贡献。

瞧，2019年，自治区又拨专款给根河市乌兰牧骑更换了影剧院里的LED大屏，以后再也不用担心舞台剧背景处理跟不上时代了；更换了三合一电脑光速灯、帕灯、摇头灯、满色成像灯，再也不用担心舞台灯光技术了；终于买来了厚厚的貂绒外景演出服，再也不怕有外景演出了……

瞧，穿着貂绒大衣的演员们，终于能参加呼伦贝尔冬季那达慕大会了。在陈巴尔虎旗洁白的大草原上，纵情地跳起"圆圈舞"吧！大声地唱起《敖鲁古雅》这首歌吧！根河市乌兰牧骑正以昂扬的步伐，在建党100周年之际，迈进社会主义新时代，谱写着内蒙古文艺战线上"红色文艺轻骑兵"的崭新篇章……

后 记

一年多来的采访和调研，到此为止，可以画上一个句号了。

2020年6月，当我接受这一写作计划之后，内心涌起了复杂的浪花。我在高校工作，教学、科研是我的本职，虽然在教学、科研之余，我也会从事文学创作，但那毕竟不是我的主业。

我给学生讲过大学写作、基础写作、戏剧创作等写作类课程，但我内心始终坚信一点：作家的本能首先是天生的。在这个自媒体时代，我们每一天要编码千字以上的信息，然而，不要过于自信，这些文字与真正的作品隔了若干光年。

作家应该有天生的本能，有后天的隐忍和磨砺加持，更为重要的是，作家应该有一种坚定的文化自觉意识。他知道，自己不仅仅是靠着神鬼莫测的灵感，而是由使命充塞笔端：这些，都是命运告诉他的。

相应地，一个作家的作品应该立于天地之间，被人俯仰观看，而不只是精巧的摆设。

长久以来，面对着中外名著给我们树立起森严的经典之林，我既想当一个迷路的读者，也想探探险，试图走出它，然后踏向未知的河流。事实是，我既没有彻底迷路，也没有彻底走出，但我却逐渐看清了一个事实：所有的经典，都是"行走"的产物。

当我们行走起来时，人物关系就会产生更多的错位感和无常感，那些复杂的感情就会越加纷乱，也就越发引人关注。当一个作者行走起来的时候，他就有机会不断体会不同的风景和心情。就这样，当我和我的伙伴们行走起来的时候，当我们在乌兰牧骑中间时，我们找到了一种久违的激情。

对生活，原来我们一直有一种亏欠。

这本书不算是一本厚书，说来惭愧，我一度认为自己无法完成，然而，感谢内蒙古文联和作协给予我足够多的关注，让我意识到我必须完成这个任务。于是，我的伙伴们就适时加入，众人拾柴，不知是否可以烧起乌兰牧骑之火，但至少我们对自己的写作事业豪情万丈。

习近平总书记给苏尼特右旗乌兰牧骑队员的回信对于乌兰牧骑来说，自然是莫大的鼓励。乌兰牧骑队伍无论从物质还是精神，都发生了很大的变化。作为时代的记录者，我们责无旁贷，我们应该在路上！

因此，感谢参与本书写作的黑梅、朵兰、李美霞、顾长虹、武永杰、董永静、郭锦蓉、王海霞、孟言、靳文锦等10位作者。他们既是我事业的同路者，也是我的朋友，我们共同撰写了属于乌兰牧骑的光辉岁月。

我们几乎用走访或远程访谈的方式横贯内蒙古东西部，感谢鄂温克旗乌兰牧骑、鄂伦春旗乌兰牧骑、莫旗乌兰牧骑、根河市乌兰牧骑、阿荣旗乌兰牧骑、翁牛特旗乌兰牧骑、扎赉特旗乌兰牧骑、突泉县乌兰牧骑、科右前旗乌兰牧骑、苏尼特右旗乌兰牧骑、托克托县乌兰牧骑、清水河县乌兰牧骑、达茂旗乌兰牧骑、九原区乌兰牧骑、准格尔旗乌兰牧骑、达拉特旗乌兰牧骑、杭锦后旗乌兰牧骑、乌拉特后旗乌兰牧骑、额济纳旗乌兰牧骑以及乌海市税务局等多支乌兰牧骑对本次写作计划的大力支持。有了你们，我们的行走才有了终极意义！

实际上，内蒙古不只有75支乌兰牧骑，还有一些高举乌兰牧骑大旗的编外队伍，仍然应该得到尊重和支持。书中，我写到九原区乌兰牧骑，尽管他们已经并入文化馆，但人才流失却是很严重的现状。清水河乌兰牧骑全队平均年龄竟然达到了49岁，但他们仍然坚持高质量的惠民演出。阿尔山乌兰牧骑的队员们，尽管条件艰苦，但仍然不忘初心，服务于高山和草原。还有很多，很多……

还有那些活跃在社区、活跃在田间地头的各行各业的乌兰牧骑分队，请允许我们带着我们的真诚，向你们致敬！

直到现在，我仍然忐忑不安，我不知道你手里打开的这本书，是不是真正的作品，但我们确实用心了、行走了。

感谢内蒙古自治区党委宣传部对本选题的指导和政策支持，感谢内蒙古文联对本选题的重视和资助，感谢内蒙古作协事无巨细的帮助，感谢内蒙古大学文学与新闻传播学院对本选题的关心，感谢海伦纳老师担任本作品的审读专家，并给予极为严谨、认真的指导，感谢众位专家对本团队的爱护，感谢所到各地相关部门对本选题的帮助！

感谢我们的努力，让艺术的天空又偷偷亮了一颗星，至于是隐是显，交给读者，交给未来。

是为一篇不算后记的后记。

鄢冬

2022 年 12 月 4 日